Kadokawa Fantastic Novels

小惡魔學妹 7
纏上了被女友劈腿的我

My coquettish junior attaches herself to me!

志乃原真由
「……知道了。到時候就交給我吧。」
美濃彩華
Situation 1
新學期，各自的決心。

羽瀨川悠太
「妳會成為最懂悠太的人吧。到時候……就再一次把悠太交給妳嘍。」
相坂禮奈

Situation 2
誘惑與巧遇。
「還是說，你要再摸一次？
現在這個狀況還滿好的。你也看得出來吧。」

小惡魔學妹瞪大雙眼看著我們。
看起來就像眼睛快要掉出來一樣。
「學……學長——！」
怒吼聲響徹這個家。

Situation 3
只剩幾公分。
「──悠太學長。」

「……嗯。噗哈。」
志乃原的氣味就此離開。
她用手指撫過沾濕的臉頰，面露挑戰的笑意。
「……真、真由──」
「我是壞孩子嘛。從明天起，我就會去贏得勝利。」
志乃原真由自信滿滿地露出了笑容。
這讓我回想起去年的聖誕節。
過去的柔弱笑容就像泡沫一般消逝。
秉持率直真心的學妹，露出凜然的表情如此宣示。
像是要驅散自己的脆弱。
也像是要驅散我的軟弱。
「我會讓學長幸福的。」

問問大家未來的目標

禮奈與那月的情況……

「禮奈未來有什麼目標嗎？」

「我嗎？嗯～沒有特定目標耶。那月呢？」

「我想成為出版社編輯。想製作漫畫或是小說之類的。」

「呵呵，這樣啊。確實很有那月的風格呢。」

「……既然沒有特定目標，要不要立志成為作家啊？這樣一來我也能夠協助妳。」

「嗯。我考慮看看。」

「這麼隨興。妳是認真的嗎？」

彩華的情況……

「彩華未來有什麼目標嗎？」

「沒有具體的特定目標耶。不過最好是可以處於能將自己的能力活用到極限的環境吧。」

「還滿大概的嘛。」

「因為我有無論在哪裡都能活躍的自信啊。」

「妳說起來莫名有說服力……」

「如果換成是你，聽起來只會像是玩笑話。」

「拜託不要在我傷口上灑鹽！」

真由的情況……

「真由未來有什麼目標嗎？」

「我嗎？欸嘿嘿，那還用說，當然是學——」

「啊，我是指就職方面的目標喔。」

「——習成為戰鬥力爆表的傭兵！」

「喔，真嚇人。」

「還不是學長害的！」

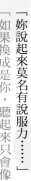

小惡魔學妹纏上了被女友劈腿的我 7

My coquettish junior attaches herself to me!

御宮ゆう
插畫 えーる

Kadokawa Fantastic Novels

My coquettish junior attaches herself to me!

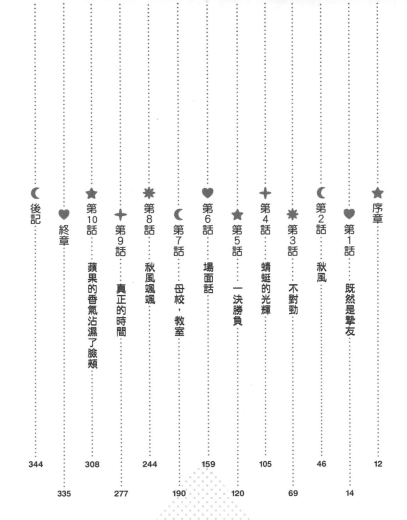

序章

這是個灰色的世界。

不像漆黑那樣陰暗，卻也不像純白那樣明亮的世界。

平凡無奇，但彷彿有些鬱悶的世界。

乍看之下像是陽光的那個，定睛一看才發現是接近白的灰色。

這不會讓人感到失落，心情反而還因為是同色系而欣喜歡迎。

然而灰色的光芒很快變成一片純白。

純白的光芒漸漸覆蓋這個灰色的世界。

當自己還無法放棄抗拒逐漸被染成一片純白的心情時，純白的色彩如此告訴我。

——染上吧。

聽見那道教人神魂撩亂的聲音，讓我在轉瞬間不禁遲疑。

回過神來，發現世界變得一片純白。

我覺得占滿整個視野的純白光景，是相當溫暖的色彩。

只要染上這個色彩，我就會變得幸福。

被單純的直覺推著行動，並且委身其中。

然而，世界的一隅突然沁出淡紫色。

當我的左手朝著滲出的色彩伸過去，淡紫色便從我的小指開始渲染了大半個世界。

這時響起一陣雷鳴。

淡紫色就此被趕到世界的角落。

接著湧現豔麗的鮮紅色。

當我伸出雙手想探究各自的真正面貌時，三道色彩紛紛迅速擴大。

淡紫色像要對抗一般擴張，純白又逐漸覆蓋別的顏色。

眼看絕對無法混合的三道色彩趨於統一的時候，鐘聲響起。

意識就這麼飛上天。

——是夢。

察覺到這一點時，夢境的內容已經從記憶之中消失。

第1話　既然是摯友

夏天結束了。

走在夜路上的我，突然明確感受到季節的變遷。

九月上旬。白天的殘暑依然熱得教人難耐，但是一到夜晚，吹來的風就帶了點涼意。

寒蟬的叫聲招來秋天的氣息，一個季節又過去了。

切身體會這個理所當然的現象，我不禁有點感動。

然而這只是相當細微的情感，走個三步就會煙消雲散。

像這樣轉眼間就會忘記的思緒，究竟有什麼意義呢？

如果時間就在一連串不會殘存於記憶的思緒中漸漸流逝，那我覺得人生還真是空虛。

即使如此，這段人生至少沒有糟糕到令人絕望。

應該說身邊都是一群很好的人，我也覺得自己如今過著精采的人生。

然而自從暑假的那件事之後，即使身處在這樣的環境中，陰鬱的心情依然延續至今。

在滿月底下的涼亭裡，我們談了一下。

那一天的情景遲遲在我腦中揮之不去。雖然最近稍微沉寂下來，不去思及這件事的時間也愈來愈多就是了。

記憶一定會就此慢慢淡忘吧。

不論是那一天的記憶——還是過去交往時的日常光景。

並非只靠情感就能阻止淡化的未來。

再過個半年左右，就要正式開始求職。

忙碌的生活會讓回想過去的時間愈來愈少。

——相坂禮奈這個人也會從我心裡漸漸遠去。

但是，我們這次做了約定。

只要有那個約定，無論我們之間的關係變得多麼淡薄，也絕對不會斷絕。

……改天見。

那個「改天」究竟什麼時候才會來臨呢？

但是，一定會有那一天。

我有辦法在那之前變得更像樣一點嗎……我非得辦到才行。

要不然就沒辦法抱持著自信去跟禮奈見面。

總有一天，我們一定可以回想著當時的情景並一同歡笑。現在的我只能這麼深信，同時向前邁進了。

現在能做的，只有盡全力完成眼前的事情而已。

拿到畢業所需的學分。一步步做好求職的準備。

同好會共同旅行結束之後過了一個月，我開始為了自己的未來展開行動，拿出了過去的自己難以想像的衝勁。

一邊回想著在短時間內採取的種種行動，我一步步走在夜路上。

走著走著原本鬱悶的心情也轉換為別種情感，夏天的記憶沉入腦中深處。

光是持續做著這些事，多少也能培養出一些自信。

身邊像自己這樣認真思考求職一事，並實際採取行動的人還不多。

領先大家一步讓我感到自豪，也鼓舞了自己。這種心情更加促使我繼續向前邁進。

現在的我能做到的，只有繼續維持這樣的心境，並以成為獨當一面的大人為目標。

當我滿腦子想著這件事情時，正好可以看見租屋處的那棟公寓，頓時停下了腳步。

我家亮著橙色的燈光。

開了一半的窗簾，讓我只要定睛細看就能稍微看見屋內的情形。

剛好就在這時，褐色頭髮經過窗邊。

……光是這一幕，就足以察覺屋內現在的狀況。

我懷著難以言喻的心情，同時低下視線。

回家讓我覺得有些鬱悶。

不知道自己繃緊的神經會不會斷裂，也不知道會不會陶醉於甜美的日常之中，這一切都令人感到不安。

我想拿出手機確認時間，將右手伸進口袋。這時才想起自己有戴手錶，於是看向左手。

這是禮奈送的生日禮物。

滑動式秒針的手錶，讓我的心思趨於平靜。

時間是晚上九點。剛才在大學的圖書館研究履歷表要怎麼寫，所以才會這麼晚回來。

由於這兩個星期我每天都窩在圖書館，幾乎沒能跟她碰面。

……也差不多到了志乃原要回去的時間。

最近我們沒有碰面的原因有兩個。

一個是我回家的時間變晚了。

另一個則是因為志乃原來我家的次數變少了。

不知為何，她最近會在過來之前先通知我一聲。

每當收到她事前說要過來的聯絡，我就會跟她說今天比較晚回家，並且事先將鑰匙放在信箱裡。但也因為晚回家的緣故，志乃原會在我們碰面之前回去。

經過幾次這樣的狀況之後，志乃原過來的次數便有了明顯的減少。

當我眺望著自家窗戶一陣子，燈火突然暗了下來。

過了幾秒鐘，傳來開門的聲音。

……如果是以前的志乃原，她應該會毫不客氣地在我家待到晚上十一點左右。

她的心境有了什麼樣的變化嗎？

我稍微想了一下，就躲進隔壁公寓的暗處。

我並非不想跟她見面。但要是在這麼疲憊的狀態與她碰面，我一定會從她身上得到療癒。會不知悔改地忍不住想重回那個歡樂日常。

那段生活絕對不是一場錯誤。

只是我覺得，現在盡可能延長努力的時間，對於未來是有幫助的。我想成為能讓那傢伙感到驕傲的自己。

等到一切都上了軌道，屆時再與志乃原在家裡見面也不遲。

她走下老舊階梯發出「咚咚！」的腳步聲，不久後也漸行漸遠。

我知道志乃原回家的方向，並不是我現在站的這邊。

……我已經跟志乃原真由相處將近十個月。

探頭一看，只見志乃原的背影位在幾十公尺遠的前方。

目送她的身影消失在轉角處之後，這才朝著自家走去。

踩著嘎吱作響的階梯上樓來到玄關前方，把手伸進信箱裡。指尖傳來鑰匙圈的觸感，於是拿了出來。

向雪豹鑰匙圈打過招呼之後就開門回家。

這個瞬間，一陣食物的香氣搔弄鼻腔。

「……怎麼回事？」

我不禁喃喃自語。

畢竟最近都沒跟志乃原碰面，用超商便當解決一餐的機會也變多了。實際上現在應該也還有兩個便當放在冰箱裡。

即使如此，屋內卻飄散著誘人食欲的香氣。

一走進家裡，立刻就能發現香氣的來源。

桌子上擺著四個用保鮮膜包起來的大小餐盤。

湊近一瞧——有馬鈴薯燉肉、沙拉、味噌湯，以及白飯。

明明用保鮮膜封住卻依然散發香氣，大概是因為才剛做好不久吧。

伸手摸了摸餐盤，果然還是溫熱的。

打開冰箱一看，只見裡面疊了六個裝有白飯的保鮮盒。

「……那傢伙……」

雖然覺得很感激，又感到很過意不去。

無論如何，下次碰面時一定要給她一點回禮才行。

於是立刻坐在桌子旁邊，便發現角落放著一張紙條。

上頭寫著這樣的內容。

『學長，我們最近都恰巧錯過沒能碰面呢。我聽彩華學姊說你「好像在努力做很多事情」。很多事情是什麼事情呢？如果下次可以跟我說說有哪些事情就好了。總之請你別太過勉強喔！打開冰箱剛好看到有超商便當，我就吃掉一個了。所以去超市採買並且做了馬鈴薯燉肉當作回禮。噗伊噗伊！』

也沒有結束的招呼，文字就此戛然而止。

讓人推測她大概是寫到一半就膩了。看著很有志乃原風格的信，我的嘴角微微揚起。

拿起筷子，雙手合十。

腦中浮現志乃原的臉開口：

「我開動了。」

吃了一口馬鈴薯燉肉。在嘴裡擴散的高湯鮮味，讓我緊繃的身體為之放鬆。

◇◆◇◆

就這樣日復一日。

這天我也一樣在大學的圖書館待到晚上。

一如往常地自主留下來。

這學期的課程從星期一開始，連續三天都是從第一堂到第五堂都塞滿了課。星期四有兩堂課，星期五沒有排課。

主要選修了感覺出社會也能活用的學分，課表自然而然變成這樣，不過我還滿喜歡這個很有彈性的安排。

……一旦積極採取行動，才會發現大學這個環境裡竟然有那麼多資源可以利用。

怠惰度日的話就像陷入無底洞，反之亦然。要如何活用這個環境端看自己。

當我抱持著這樣的心情盯著電腦時，坐在一旁的彩華悄聲對我說道：

「欸，差不多該回去了吧？圖書館快關了喔。」

「既然快關了，不如待到最後吧。」

我一邊敲打鍵盤一邊回答。

螢幕上面是要給自己看的報告。一邊用手機閱覽推測在本科系學到的東西，可以如何活用在哪個職業的文章，再用自己的話語重新彙整。

在準備大考時，之所以選擇這個科系是覺得好像可以從事各種工作，但是現在的我明白現實沒有那麼簡單。

我先挑出幾個知名企業。現在正在摸索接下來要採取什麼樣的具體行動，才能讓自己符合那些公司的徵人條件。

「你肚子不餓嗎？」

「不餓。沒問題。」

「我請客喔。」

「沒關係，今天就算了。」

「是、是喔。」

彩華給出似乎感到困惑的回應，接著關上自己的電腦。

彩華大概從一小時前就一副沒什麼事做的感覺，現在好像終於決定要回家了。

「那我先走嘍。」

「喔。」

我暫時停下手邊的事，舉手向她道別。

彩華瞬間露出好像心生嫉妒的表情，但是立刻轉身離去。

我沒有多想些什麼，只是繼續面對電腦，再次查起資料。

結果上學期還是沒能歐趴（All Pass）。

有一堂課的考試日期提前，然後那科就被當了。

我這段時間都是基於那次的反省在做事，現在大概是我進大學以來最認真的時候。甚至比大一前期那段時間還要認真。

說真的，之前那種自甘墮落的生活真的很開心。我也真心想過要是這樣的時光可以永遠持續下去就好了。但是在我真的付諸行動之後，發現這樣的日子也挺開心。有些時候光是有去做點什麼，就能感到滿足。

而且不用面對茫然的焦躁感受，說不定現在這樣也挺幸福的。

我懷著這樣的想法，繼續研究業界的分析過了幾十分鐘。

這時宣告閉館的鐘聲在館內響起，我也關上電腦。

這個鐘聲是我在高中畢業典禮曾經唱過的曲子。

一邊沉浸在緬懷過去的心境之中，我緩緩站起身來。

從三樓延伸到地下一樓的大學圖書館，寬敞程度是國高中的圖書館遠遠比不上的。所以也有很多不知道從哪裡冒出來的學生，一來到出口附近就能看見幾十個人走在前面。

看著這幅光景，不禁把大家當作朝著某個目標努力的夥伴，自顧自地覺得心情愉快。

我拿出學生證，在類似剪票口的機器輕觸一下便離開圖書館。

……剛入學時，我還因為如此科技化的環境而感動不已。

當我想著這些事時，發現出口旁邊站著一道眼熟的人影。

對方一看到我，也朝我走了過來。

頭頂染成淺褐色的鮑伯短髮，臉上戴著很有個人特色的圓眼鏡。

跟志乃原一樣，我最近也沒什麼跟她說過話。

「嗨。」

「……那月。」

「現在有空嗎？」

我總不可能回絕，於是點了點頭。

因為早就預料到會有這個時候。

——月見里那月。

她是我的朋友、彩華的朋友、志乃原的學姊。

同時也是——禮奈的摯友。

我頓時想起跟佳代子立下的約定。

我跟她約好，會真誠地對待禮奈。

實際上我自己也是這麼打算。

就算佳代子沒有那麼說，這個結果也不會改變。

至於那月能不能接受這個說法，又是另一個問題了。

彼此沉默了一陣子，那月終於開口：

「悠太，你為什麼要避著我呢？」

她的語氣很柔和。

我猶豫之後回答：

「我或許……確實是在避著妳。」

「哈哈，至少否認一下啊～」

那月笑了，我們也一起走出大學正門。

然後又是沉默地邁開腳步，好像想到什麼事情的那月突然拿出手機開始操作。

這是要聯絡誰嗎？

在我感到不解之時，那月讓我看了一眼她的手機畫面並解釋道：

「我在預約餐廳啦。我想吃個飯。」

「真的假的？該不會一踏進店裡就有誰坐在那邊之類……」

「你指的是禮奈嗎？」

我閉上嘴巴。

那月看著我這樣的反應又笑了。

「我才不會做那種事呢。我也是悠太的朋友啊。」

「呃，但是……」

話說到一半再度停下。現在的我還是乖乖閉嘴比較好。

那月發出「嗯～」的聲音環顧四周。

然後大概是找到目的地的那間餐廳，她沒有特別說些什麼便轉個方向。

我在內心感謝裝作沒有聽見的那月，同時也跟著她朝餐廳走去。

◇◆

「哎，這也沒辦法啊。」

開始吃飯之後過了大約一小時，那月突然這麼說。

她推了一下圓眼鏡調整位置，並且微微點頭。

我們直到剛才一直聊著動畫跟漫畫的話題，她大概是認為暖場得差不多了吧。如她所願，多虧了被她半是逼迫喝下去的酒，我也覺得多少願意開口。

然而當她切換到這個話題的瞬間，我也幾乎完全醒酒了。

殘留在體內的一點酒精，讓我的嘴巴緩緩動了一下。

「……這是能用沒辦法就一筆帶過的事情嗎？」

我將筷子放在小盤子上，眼睛直視那月。

那月喝了一口Highball之後，再次點頭。

「沒關係啦。我覺得戀愛就是這樣啊。」

「什麼叫就是這樣……」

「站在禮奈摯友的立場來說，我覺得她比較適合更好的對象。」

「話是沒錯。」

「唔……你要是不吐槽，就變成是我說了很過分的話耶……」

那月以過意不去的模樣瞇細雙眼，閉起嘴巴。

然而我實在無法反駁這句話。

「哎呀，事實就是這樣嘛。」

我也不覺得自己配得上禮奈。即使如此，她一直以來還是喜歡著我。

所以我現在才必須更加努力。

她以前是戴著有色眼鏡看待我這個人。為了當她拿下有色眼鏡之後，眼中的我能不比先前遜色，所以我必須這麼做。

我至少要成長為那樣的人，否則自己也不會甘心。

是我甩了禮奈。

提出分手的人一定有其責任。

我覺得「真誠對待她」這一點也包含在內。

我知道禮奈並沒有要我這樣想。

這只不過是為了讓自己接受的自我滿足。

可是我不知道具體來說應該怎麼做，所以才會認為至少得達到一定的社會地位，這大概就是最淺顯易懂的成長。

更何況那終究也是為了自己著想，因此我對於遠離過去的日常這點沒有任何猶豫。

所以儘管只能一點一滴累積，我也是靠著踏實的努力循序漸進。

「你最近都不來我們同好會露臉，也是因為這樣嗎？」

「是啊。」

「自從悠太不跟我們一起聚餐喝酒，樹他們都覺得很寂寞喔。」

「少騙人了。再怎麼說，頂多只有彩華會這樣想吧。畢竟我又不是『Green』的正式成員。」

「為什麼這時候舉的例子當中沒有我啊？」

「那就再加上那月。」

「這個說法是什麼意思！」

那月一邊從大盤子裡夾起炸雞軟骨，一邊發出抗議。

正當我也打算夾到自己的盤子上時，那月說聲：「反正順便。」並幫我夾了。

「這樣好嗎？」

那月曾對我說過類似「別以為身邊的人什麼事都會幫你」這種話。我回想起那件事於是問道，那月露出苦笑。

「我就說是順便了。沒有別的意思。」

「……這樣啊，好吧。謝謝。」

「嗯。」

她把小盤子擺在我眼前。

我將軟骨送進嘴裡，配著啤酒吞下肚。

我的口味沒有特別挑剔，感覺大部分店家的軟骨跟啤酒都差不多。

「……下個星期開始就會到我們同好會露臉了。我有事先跟藤堂報備過暫時不會參加『start』的活動，所以這方面沒問題。」

照理來說，如果只是不參加同好會平時的活動用不著特地聯絡，但是既然一度站在主辦的立場，這方面還是想顧慮一下。

但是那月彷彿把我的話當成耳邊風，只是有氣無力地回了一句：「是喔～」

情緒跟剛才聊漫畫時相比，可以說是天壤之別。

「甩掉別人啊，會覺得難受嗎？」

「咦？」

我不禁將準備送到嘴裡的軟骨放回小盤子。

「我只有一次甩過別人的經驗而已。而且還是國中時候的事，更以此為契機反而喜歡上那個人，所以不太了解悠太的心情。嗯，當然還是可以想像啦。」

「妳是在安慰我嗎？」

「也沒有別人會這麼做了吧？知道這件事情的人，應該都不會像這樣安慰你。」

那月喝了兩三口Highball，「噗哈！」呼出帶著酒精的氣息。

「話雖如此，小彩倒是經驗豐富呢。」

彩華甩過很多個男人。

這件事除了她自己以外，我最清楚了。那傢伙每當甩掉一個人時會產生什麼樣的感受，以及會導致什麼樣的結果。還有那段過去對現在的她又造成怎樣的影響等等。

然而我不是彩華。

就算做出與彩華同樣的舉動，就算確實是有受到彩華的影響，但也不一定會引導至相同的結論。

「真由應該也有經驗吧～既然如此為什麼那兩個人——」

那月的話說到一半就閉上嘴巴。

「嗯。總之感覺還是只有我吧。雖然我也覺得『為什麼我要做這種事？』就是了。」

「……這種話會在當事人面前說嗎？」

「啊哈哈，抱歉。」

雖然有點無法掌握她想跟我說些什麼，不過應該是真正替我著想才會這麼做吧。

「話說回來，我現在有那麼消沉嗎？」

「嗯，顯而易見呢。」

瞥了乾脆點頭的那月一眼，我拿起啤酒杯就口。

要不是她用有點強迫的辦法約我出來，我還真的毫無自覺。

換作是平常，彩華見到我這副模樣應該會主動提起才是，但是她最近完全沒跟我聊什麼太深入的事。

我一邊窺探湧上心頭的疑問，一邊喝起啤酒。

「欸，悠太。關於禮奈那件事，我並不覺得生氣，而且禮奈自己也能接受。所以你沒必要這麼自責啊。」

「……我還以為妳會痛罵我一頓。我知道禮奈沒有生氣，但是我……呃，當時也沒能做出回應。原本覺得妳會說我沒有權利這樣消沉。」

「為什麼？重要的人離開自己身邊，任誰都會消沉吧。」

那月把蓮藕扔進嘴裡，發出清脆的咀嚼聲。

在她吞下肚子的同時，似乎有些在意我那番話的某個部分，皺起眉頭。

「話說你竟然以為我會痛罵你一頓嗎？我確實有諷刺挖苦悠太的前科啦，不過現在的我已經是成熟的大人了，懂得尊重當事人一起做出的結論。」

「成熟的大人才不會這樣說自己。」

「會啦！你自己明明也是會一邊喝酒，一邊感慨地說聲『我們也都長大成人了呢～』的那種類型！」

……被她說中了。印象中我確實說過幾次這種話。

我立刻低頭說聲：「對不起。」安撫那月。

但這終究好像也只是那月的玩笑話，她以沒有特別在意的模樣說道：

「算了算了。悠太，禮奈有話要我轉達給你就是了。」

「咦？」

突然之間換個話題，讓我不禁輕呼一聲。

——禮奈有話要對我說？

大概是從我的視線中察覺某些情緒，只見那月揚起嘴角。

「她說：『不要客氣喔。』還說只要這樣講，悠太就會懂了。」

「客氣……」

這句話的主詞肯定是「對我」吧。

……客氣啊。我並沒有這樣的想法。我只是——

「哼哼，你絕對不懂吧。」

「不懂什麼啦。」

「這個嘛……嗯，看來時機有點太早了。說不定是我誤判了。」

那月喃喃說了一句：「真傷腦筋～」便吃起最後一片烤牛肉。

就這麼持續幾十秒的沉默之後，打破僵局的人也是那月。

「……她拜託我當悠太變成『這種狀態』的時候，就要對你這麼說。要不然我才不會跟你單獨出來喝酒呢～」

「喔……是這樣啊。原來如此。」

我是抱持著會挨那月罵的心理準備踏進店裡，根本沒有那種心思，但是冷靜下來思考，跟甩了自己摯友的男性友人單獨出來吃飯，可以說是風險極高的行為。

即使如此，如果早就知會過禮奈有今天這場飯局，那又另當別論。

我知道這個場面不適合這麼想，但是間接與禮奈有所牽連的感覺還是令我感到欣喜。

察覺到這樣的心情，我不禁咬緊牙根。

「怎麼樣？」

「……不。說到頭來，『這種狀態』是怎樣啊？我很消沉的意思嗎？」

「啊～這也是啦……但具體來說好像又不是這樣。」

那月乾了這杯Highball，朝著呼叫店員的服務鈴伸手。隨即又打消這個主意，再次看向我這邊。

「我的意思是你被禮奈的幻影困住了。現在的禮奈不希望你這樣。或許你想跟禮奈一直維持良好的關係，不過現在還是應該保持距離的時候吧。」

「……妳什麼都知道啊。」

那月若無其事地聳聳肩。

「我們是摯友啊。不好意思喔，你們之間的發展我都一清二楚。但是我沒聽說你們實際說過哪些話，而且就算去問她應該也不會說就是了。」

如此說道的那月站起身來。

她將包包掛到肩上，準備離開餐廳。

大概是從我的表情當中察覺什麼，只見那月露出苦笑。

「其實我也想再多喝一點，但是今天的重點就是這個。而且要是跟你兩個人喝太久，對禮奈也過意不去。她並沒有阻止我啦，是我自己會這麼覺得。」

「……我知道。我什麼都沒說吧。」

「你看起來跟說了沒兩樣啊～這個要人陪的傢伙。」

「少囉嗦，我才沒有這個意思！」

見我做出這樣的反應，那月輕聲發笑，然後走到櫃檯前方。

既然那月是擔心我才會準備這場飯局，那麼應該由我請客才對吧。正當我要把錢包拿出來時，那月說聲：

「我要用信用卡結帳～」

「呃……謝謝。這是等一下收現金的模式啊。」

既然如此，等等出去就給她兩人份的錢吧。

當我如此心想並離開餐廳後，那月對我搖了搖手。

「答錯嘍，是我請客的模式。這樣這個月就不能買《排球少年!!》的周邊商品了～」

「不，那也太不好意思了。」

我正要拿出收在褲子後方口袋的錢包時，那月抓住我的手加以阻止。

「真的沒關係。今天對悠太來說是離開幻影的契機。快變回本來的樣子吧。」

「……幻影。」

呢喃說出的兩個字，在腦中勾勒出那一天的光景。

月光底下的暗灰色頭髮，以及淡紫色眼睛。

一個月前在海風吹拂的涼亭裡，我們——

……都拜託朋友轉達了，還要人別放在心上，也未免太為難。

即使如此，她的意圖確實傳達給我了。

要好好珍惜禮奈的想法，跟拋開真正的自我是互相矛盾的事情。為了將來而持續採取行動並非壞事。然而把忙碌當藉口，拿過去發生的事作為理由，甚至犧牲自己與身邊重要的人們之間的關係，這個現狀就太過迷失自我了。

這一定就是那月所說的「這種狀態」。

而且禮奈將判斷這個時機的任務交給那月，也是因為她相信我們是真正的朋友。

走在我前面一步的那月，最近一定很關心我吧。

雖然想好好向她道謝，但還是姑且閉嘴。現在開口總覺得有些害臊。

「幻影聽起來真是帥氣啊。」

「啊哈哈，要加入我的旅團嗎？」

「這倒不必。」

為了掩飾內心的想法這麼隨口回應，那月也揚起嘴角轉頭看過來。

漸漸從鮑伯短髮留成中長髮的淺栗色頭髮隨之飄逸晃動。

「你已經恢復了嗎？那麼安慰你也算值得了。」

「不要直接說是在安慰我，那多難為情啊。」

「別、別說這種奇怪的話！」

「我又不是那個意思！」

我這麼吐槽之後，那月眨了幾下眼睛，輕聲笑了出來。

兩人就這麼默默朝著車站走去。

……過去跟那月幾乎只是點頭之交的關係，現在也變成真正的友誼。

隔著那月的背影，我在腦中想起禮奈的身影。

——只是暫時保持距離而已。

與她道別之後，抬頭仰望夜空。

總覺得高掛在涼爽夜晚的秋月，散發耀眼的光輝。

◇◆◇◆

跟悠太分開之後，我自己一個人走了一會兒。

走在路燈照亮的住宅區裡，我伸手操作手機。

點開ＬＩＮＥ的對話紀錄。在悠太的名字下方，還有真由跟小彩的名字。

「……禮奈也真愛操心。」

我不禁喃喃自語。

因為在禮奈的請託下，我也跟真由說了一樣的話。而且禮奈好像是親自去找小彩。

傍晚時分，我打電話給真由了。總覺得她的語氣比平常還要認真不少。

悠太似乎不太能夠理解，但是他總有一天會明白。

一開始答應禮奈的請託時，我還懷疑是否有這麼說的必要。

因為最近的悠太雖然乍看之下鬱鬱寡歡，不過我覺得努力做事這點本身值得嘉獎。畢竟連我都不曾那麼認真地窩在圖書館努力做點什麼，雖然是為了達成禮奈的要求，我還是擔心這麼做會不會妨礙別人的努力。

即使如此，看了道別時悠太的模樣，讓我覺得告訴他大概是正確的決定。

悠太想必是自己得出什麼結論，總算可以拋開迷惘跟鬱悶走上眼前的道路。

所以，也跟小彩說一聲比較好吧。

我想了很久，決定打電話給禮奈。

耳邊傳來的撥號聲響了一兩次。

夜晚的公園待起來莫名舒服，就連機械式的撥號聲感覺也別有一番風情。

大概是我的錯覺吧。

『喂？』

「喂，啊，禮奈。妳要我去找悠太的任務，總之先達成嘍。」

乾燥的空氣竄入肺裡。

一接通馬上報告似乎還太早了。

說真的，我不知道禮奈心中究竟還有多少他留下的殘渣。

也不知道我給她的支持是否足夠。

『這樣啊。』

她給我一句簡短的回應。

我等了一下，以為她還會繼續說下去，這才發現如今的回應已經結束這個話題。

「總覺得——」

——當她聽到禮奈轉達的話時，好像很開心的樣子。無論內容為何，看起來單純因為與禮奈有所聯繫就開心不已。

……差點將這些話說出口，但是我吞了回去。

我不想用惡作劇動搖禮奈的心。相對的，我決定問她一個問題。

「妳能跟小彩說一樣的話嗎？」

『……嗯。反正彩華也對自己的心意有所自覺了。』

「悠太好像沒有察覺到就是了。」

『……不，我想他的內心應該知道。只是不去面對而已。』

「妳真有把握耶。」

『好歹是前女友啊。』

她雖然帶著開玩笑的語氣開口，我卻頓時無法回答。

因為從她的聲音聽來，總覺得悠太在她心中還是有著巨大的存在感。

「……當一個人甩掉別人之後，還是會很在乎那個對象。我也有過這樣的經驗。」

『咦？』

「妳真的死心了嗎？」

問出這個問題之後，我不禁咬住嘴唇。

……終究還是按捺不住。

雖然在悠太面前說得裝模作樣，其實我不太了解他向禮奈提分手時的詳情。

當時禮奈對我說：「我被甩了。但我不會跟妳說我們是怎麼分手的。」至於理由好像是「因為這是我們兩人的回憶」。

我覺得有這樣的想法很好，然而果然還是有點介意。不過我當然很清楚，這是他們兩人的問題。

禮奈輕嘆了一口氣之後回答：

『沒關係。我已經下定決心了。就算現在再改變自己的決定——也一定無法得到對我們來說算好的結果。即使有那個可能性也一樣。』

她的聲音有些平淡。

與其說是死心，聽起來感覺更像是有所領悟。

禮奈想必已經不再去想加深彼此關係的可能性了。

就像證實我的推測一般，禮奈繼續說下去：

『關於那月所說的讓悠太在乎我的行動，我已經實踐過了。還有……比那更加激進的事也是。能做的事我都做過了，說真的，對於復合這件事我一點也不感到後悔。雖然還是會覺得可惜啦。嗯，這也是理所當然。』

禮奈的話說到這裡就沒再繼續說下去。

我連忙想幫她圓場，於是緊握手機。

『這個問題也太壞心眼了。那月這個笨蛋！』

「咦！我本來還想幫妳打圓場的！」

『不要說是打圓場啦！下次見面時妳要請人家吃飯！』

「說什麼『人家』啊！」

一邊這麼回應，我同時切身體會禮奈的堅強。

禮奈現在想要跨越這一關。

她應該還沒整理好認為時間會成為夥伴的心境。

即使如此，還會替那些留在自己已經抽離的風暴中心的人著想，幫助過去的情敵。

這並非任何人都能做到的事。

……如果只是普通朋友，如此送上讚賞之後應該就會停止思考了吧。

我是摯友。然而我能做的頂多只是跟禮奈聊聊，暫時緩解她的煎熬而已。

既然如此，我必須多跟她作伴，讓她澈底忘記這些事。

——為此，我自己必須先轉換心情才行。

「總之呢，我這段時間都會黏著禮奈，不會離開妳的。要是出現想趁虛而入的壞蛋，我會全部幫妳趕跑！」

發出開朗的聲音如此宣言，隔著話筒能夠聽見她的笑聲。

『那月有些地方跟悠太滿像的，但是這種時候就不一樣呢。』

「怎樣，妳這是什麼意思！」

『……意思是我很喜歡你們這類的人。』

這類的人。並不是喜歡這個異性，而是這個人。

這個隨處可見的發言，一定可以做各種解釋。

只是這麼簡單的兩個字，卻沒辦法直接傳達出去。所以當她要吐露對他抱持的情感時，話中就需要像這樣的緩衝。

「總覺得好像被妳打了馬虎眼。謝啦……嗯，謝謝。」

『呵呵，為什麼要道謝兩次？有這麼開心嗎？』

「差不多啦。」

我笑著仰望夜空。

……悠太。

我連你的份也一起道謝嘍。

悠太接下來一定會面臨必須做出抉擇的時候。

那或許是個很困難的選擇。
可能會讓你很想逃避，想無視內心深處的感情。
但是，悠太。
你要是沒有好好面對，我可不會原諒你喔。
被你甩掉的禮奈都這麼努力了。所以悠太也要好好努力。
要是在做出選擇之後，有人要拿你過去的選擇找麻煩。
要是有人說出「既然是跟那個人在一起，那麼和禮奈交往的那段時間終究還是虛假的吧」這種話。
就由我來證明你們共度的時光有多麼貨真價實。
所以你要好好選擇喔。
我想禮奈肯定也是如此期望。

第2話　秋風

到了大三下學期，會在學校碰到面的同學愈來愈少了。

如果一直以來都很認真上課而且每學期都歐趴的話，到了這個時期應該已經修滿畢業所需的學分。在那些早早就確定可以畢業的學生當中，有些人只會來上些有興趣的課程，有些人則是幾乎不太來學校。

就算繳了四年的學費，會幾乎每天到學校上課的時間也只有兩年半左右。

剛入學聽聞系上學長姊這麼說時，我不禁產生「這也太浪費了」的想法，但直到現在都還沒拿完畢業所需學分的我也沒資格說這種話就是了。

想在找工作時輕鬆一點，現在的我能做的就是下學期一定要歐趴。

還有同時進行就職的準備。

要是到了大四，課程還塞得滿滿的話，將會妨礙到就職活動。「start」的學長姊當中，也有人在哀嘆早知道就多拿幾個學分，為了不重蹈前人的覆轍，我就必須比上學期更繃緊神經出席課程才行。

「可惡！忘記設定鬧鐘了！」

我一邊用水整理亂七八糟的頭髮，一邊不高興地罵了一句。

只要鬧鐘沒響，無論我再怎麼有幹勁都會睡過頭。話雖如此，竟然可能趕不上第二堂課，讓我忍不住想把自己痛扁一頓。

上午九點五十分，已經是朝陽往正上方移動的時間。

我快馬加鞭完成準備，用力打開自家大門。

咚鏘——！

……走廊那邊傳來悶沉的撞擊聲。

接著是「咿嘎——！」的哀號。

聽到這個說不定會有鄰居報警的尖叫，我連忙探頭一看，只見學妹一屁股跌坐在地。

「真由！妳為什麼會在這時候跑來！」

下意識地做出這種反應之後，志乃原狠狠地瞪了我一眼。

「跟平常一樣好嗎！還不是因為學長躲著我，才會像這樣趁著你絕對在家的一大早展開突擊！而且你難道要頂著睡得亂七八糟的頭髮出門嗎？認真的嗎！」

志乃原一口氣拋出這麼一串話，鼓起臉頰朝我伸手。

猶豫了一下是要先把跌坐在地的志乃原拉起來，還是先回應她說的話，總之還是先握住她的手。

把她拉起來的時候，總覺得志乃原緊閉的嘴角好像微微揚起，大概是我的錯覺吧。

「今天這個頭髮還算還好了。我急著要去上課，沒辦法啊！」

我邊解釋邊迅速鎖門。

這段期間志乃原拍拍自己的屁股，隨口回應我：

「我知道你在顧左右而言他，但是我不會再被騙了。」

「不，我現在真的不是——」

「我才不信！你騙人你騙人！」

志乃原猛力揮手，堵住我的去路。

換作是平常的我應該會硬是擠出一條路衝出去，但是志乃原的意見確實合情合理。

直到我整頓自己的內心為止，確實刻意閃避志乃原。這次必須當面向志乃原道歉。

當我如此心想時，志乃原更是湊近過來，抬眼看著我。

「學長，你真的敢說這些話是真的嗎？」

那雙大眼睛寄宿著能看穿我心思的光輝，讓我不禁有些退縮。

「是不是真的！」

「這……」

拒絕之後馬上跟志乃原、彩華過著一如往常的日子，總覺得很對不起禮奈——然而抱持這樣的愧疚與兩人相處，也很對不起她們。

而且面對心繫著自己的那個重要的人離開這個現實，我必須獨自成長才行。這確實也是我對於真誠對待禮奈所做出的結論。

然而按照這樣的理論走下去的話，就會演變成抱持「禮奈差不多忘記我了吧」、「我應該有所成長了吧」這樣單方面的思考，並且一改對待身邊其他人的態度。現在的我知道那樣反倒有些失禮。

——不要客氣喔。

禮奈會替我準備這麼好懂的許可證，一定是因為她很清楚我獨自鑽牛角尖的個性……畢竟一般來說不會特別許可才是。

她恐怕是想對我說，加深與別人之間的關係並非一件壞事。

志乃原跟彩華十之八九都能察覺我最近的異樣。一想到她們都沒有態度強硬地干涉我，事到如今我也湧上滿心的感謝。

一點一滴感受到大家的溫柔。雖然有點太晚發現就是。

「……之前真的非常抱歉。從現在開始，真的就跟平常一樣了。」

聽了這個算是肯定先前那個問題的回答，志乃原露出微笑之後點頭。

「我知道了。你看起來總算想清楚『什麼』了，學長。」

志乃原不再堵住我的去路，讓出一條路。

我微微點頭回應，跟她一起並肩向前走。

染紅的葉子飛舞在空中，輕飄飄地在眼前落地。

「……學長。」

「嗯？」

「我從今天開始又要泡在學長家喔。」

「……喔。」

聽到我的簡短回應，志乃原也點了個頭。

我們停下腳步，從走廊環視周遭的景色。

彼此都沒有說些什麼。

或許是因為很久沒見面的關係，這段沉默的時間讓我覺得有些不知所措。

「……其實也只是沒有碰到面而已，妳還是有來我家吧。」

聽到我這麼說，志乃原賭氣似的撇過頭去。

「學長不在家就沒意義了啊。我又不是為了打發時間才過來的。」

——退出社團，也跟遊動學長分手了，我現在很閒嘛。

回想一下，她剛開始跑來我家時曾說過這種話。

現在已經讓人覺得有些懷念了。

但在梅雨季時，她向我坦言之所以想拉近跟我之間的距離，是基於改變自己這個目的。

與此同時，她也立刻排除那種為了某個目的的思考方式。

這是因為是真由對我的為人抱持好感。

「……謝謝妳。」

我沒補上「跟我這樣的人相處」這句話。

這種貶低自己的發言對那傢伙太過意不去了。

「謝我什麼啊？」

志乃原揚起嘴角，同時偏著頭發問。

……總覺得很久沒看到這個有如小惡魔的表情了。

實際上自從海邊旅遊之後，這還是第一次像這樣面對面交談，確實是久違了沒錯。

不知是否出自這樣的理由，總覺得志乃原的每個表情看起來都格外耀眼。

「呃，就是……做菜給我吃之類。都很好吃喔，我全部吃光了。」

結果我搔了搔後腦杓，用這種不痛不癢的回答結束這個話題。

這大概不是她所期待的回答，志乃原瞬間噘起嘴巴。但又像是換了個想法似的，刻意地輕咳一聲。

「請別放在心上。我也只是為了博取學長的好感，使出各式各樣的手段而已。」

「所以說妳也不用把每件事都說出口啊。」

我面帶苦笑回答，然後再次向前走。

這個瞬間，被楓葉染成黃色的樹木隨著秋風搖擺。

葉子摩擦發出沙沙的聲響，漸漸將我們兩人包覆在秋天的氣味之中。

葉子的香氣真的很不明顯，平常應該不會放在心上吧。

只是現在卻能切身體會季節的流轉，樂於感受這股淡淡的香氣。

志乃原可能也有同樣的感受，彼此都沒有開口，任憑時間流逝。

這次的沉默不知為何滿舒坦的。

下樓之後，志乃原忽然開口：

「我覺得跟學長待在一起很開心。學長呢？」

我有點猶豫要不要坦率回答。

但是既然這麼久沒跟她面對面交談，還是不要敷衍帶過比較好吧。

「我也覺得很開心。」

聽到這個回答，志乃原心滿意足地笑了。

「……也因為這樣，最近覺得有點無聊。」

「……這樣啊。抱歉。」

「所以說，學長，我已經不會再讓你逃掉了喔。」

又吹來一道秋風。

在對志乃原的發言做出反應之前，我的手臂傳來溫暖又柔軟的觸感。

學妹抱住我的手臂，身體也靠了過來。

「喂、喂，不要黏過來！」

「我不要！直到最近的充電完畢之前都不放手！」

為了甩開她，我上下揮動手臂，結果就是各個角度都能感受到柔軟的觸感，但我還是勉強掙脫並與志乃原拉開距離。

「住手，別做這種事啦！」

「咦～！不然我要怎麼樣才能充電嘛！」

一邊注意感覺馬上就要再次纏上來的志乃原之間的距離，我一邊拚命絞盡腦汁。

……充電啊。

我沒有遲鈍到聽不出志乃原所指的充電是指什麼意思。

而且我也覺得跟這個學妹共度的時光非常開心。

剛好最近都是不惜削減睡眠時間也很努力，就算放鬆一天也不會遭天譴吧。

「如果假日的時間搭得上，我們一起出去玩吧。」

「咦？」

志乃原眨眨眼睛，頓時停下動作。

……剛才沒有多想就開口了，但是冷靜想想，這或許是我第一次主動開口約她。

這樣簡直就像——

「學長，你剛剛說什麼？」

「呃，沒事。」

「學長！」

志乃原使勁地抓住我的肩膀，眼睛閃閃發亮。

幾乎讓人產生那雙大眼睛深處有著一大片星空的錯覺，讓我拚命搖頭。

「我說最……最近風也變涼了。」

「咦！跟我剛剛聽到的完全不一樣！學長，再說一次！」

……看來她其實聽得很清楚，只是想要我再約一次而已。

說真的，要重新說一次一模一樣的話實在是很不好意思，但是為了即將到來的放鬆機會，我也只能逼著自己開口。

「我是說，如果時間搭得上，就一起出去玩吧。我們都有打工跟同好會要忙，而且我也還有實習之類的事務，幾乎沒有兩個人都有空的假日就是。」

「學、學長……」

「……還、還是要待在家裡比較好？」

「呵、呵呵呵。呵呵呵呵……」

……好可怕。

因為她低著頭的關係，我看不清楚她的臉，但是如果不是我的錯覺，志乃原現在的笑意應該很深。

我下意識想往後退，卻掙脫不了志乃原的束縛。

儘管難以想像她對於我的邀約會厭惡到發出奇怪的笑聲，但是再這樣下去沒完沒了。

面對發出奇妙笑聲的學妹，我說出了違心之論。

「啊，如果妳不想的話也沒關係喔。這樣我也有更多時間準備求職，妳不用想太多。」

「咦……不對，不、不是啦。我一點也不想拒絕喔！只是因為學長不是那種整天到處跑的人，才會這麼意外。而且我也覺得很開心……咦？」

不知是否難以精確表達內心的想法，志乃原顯得有些不知所措。

不過既然得到口頭允諾，於是我硬是離開志乃原的身邊。

「啊！討厭，你為什麼要逃走啦！」

「熱死了。」

「好過分！」

事態突然發展成十分鐘前難以想像的狀況，讓我的身體確實帶著一股熱意。

「但是學長，這樣真的沒問題嗎？我現在實在很難想像求職之類的事情。我也不想讓你太過勉強。但是希望你可以稍微勉強一點。」

「到底是怎樣啊……我覺得無論花多少時間準備求職都不嫌多就是了。不過偶爾轉換心情也不錯吧。」

聽到我這樣回答的瞬間，志乃原也從原本鼓起雙頰的表情變成精力充沛的笑容。

「沒問題！那就暫定下下星期，我也會先調整行程喔。」

瞬息萬變的表情不禁深深吸引了我，於是我用手拍了一下臉頰。

「OK～下下星期如果時間可以配合再說吧……到時候九月也快結束了吧。」

「真的很快呢～然後一轉眼就是萬聖節嘍。時間過得太快了，感覺好恐怖。」

志乃原一面開口，一面用手搧了搧脖子。

這個季節還是很熱。剛才那個藉口應該沒有被她察覺。

「學長？你有聽到我的旨意嗎？」

「我有在聽啊。我只是在想接下來要朝著社會人士衝刺了。」

「我的旨意被無視了……」

志乃原大概是在開玩笑吧，只見她一副垂頭喪氣的樣子。

但是立刻抬起臉來回應：

「話說回來，學長。雖然事到如今講這種事很奇怪，但是你會比我早畢業呢。」

「對啊～所以我現在才在準備求職嘛。」

假設我還是大二，不管多有幹勁，也不會像現在這樣採取這麼多行動。

雖然為了出社會做足準備是很重要，但是大學生活想必也是無可取代的時間。

聽到我的回答，志乃原苦笑說聲：「也是呢。」繼續說下去：

「你不覺得出社會是一件討厭的事嗎？」

「嗯……」

要是現在擔憂這一點，就沒有心思繼續求職了，因此我儘量不去思考這種事。

一旦認真思索了，才會發現自己並沒有那麼絕望。

志乃原大概也從我的表情當中察覺這點，只見她眨了眨眼。

「學長，你好像並不討厭的樣子。」

「在妳看來是這樣嗎？」

「嗯。如果是剛認識時的學長，一定會發出更加絕望的聲音。絕對！」

「什麼啊。」

我露出苦笑，再次邁開腳步。

志乃原亦步亦趨地跟在我身邊，以有點畏懼的態度開口：

「莫非最近之所以躲著我，該不會是因為我會妨礙到你準備求職——」

「不是啦。是我自己的問題。」

「真、真的嗎？」

「對啊。所以妳不要胡思亂想……雖然直到不久前都還那樣避著妳，不管我現在說什麼妳或許都不會相信就是了。」

我搔了搔頭，再次看向志乃原。

——內心很久沒有這種想把手放到志乃原頭上輕拍的衝動了。

這是出自想讓學妹放心的念頭。

但是除此之外，確實還有某些情緒在腦中蠢動。

那並非這麼單純好懂的東西，而是更加混濁的思緒。

熟悉的表情跟情景在腦中不斷旋繞。

學妹、前女友、朋友、摯友、求職準備、學分、打工、家人、同好會的學長姊——

……我只是想擺脫這個許多事物塞滿腦袋的現狀嗎？我是為了逃避現實，才會想摸志乃原的頭嗎？

我猶疑了一下子，就這麼失去氣力。

考慮過這種事才放到志乃原頭上的手，她一定也會想要甩開吧。

這個學妹想要的恐怕是更加單純的心思。

我將本來掛在肩上的托特包改成手提，再次往前走。

由於最近每天一直在做不習慣的事，再加上本來就很久沒跟志乃原交談，總覺得這兩個原因讓我沒辦法將心裡所想的事好好說出口。

是因為突然忙了起來，腦袋才會感到疲憊不堪嗎？

不過我敢保證現在要是鬆懈，立刻就會陷入停滯的狀態。

一直以來我總會下意識地找些藉口，容許自己停下腳步。

至今為止只要我停下來，都有人在背後推我一把。

所以唯獨在即將出社會的現在，我不能再像那樣仰賴他人。

一定是只靠自己找出答案的經驗太少。至今都是在不知不覺間深深接收他人的意見與影響，好不容易才能站起來。即使如此還是會輕易地腳步不穩搖搖晃晃，很幸運的是每當快要跌倒之時，總會有人及時扶著我。

無論何時都能堅持自己的意見，在信念絲毫不會動搖的狀況採取行動的人才是罕見。

至少我不是那種類型。

像我這樣沒有堅定信念的人，要確立自我信念的這個過程——或許就是會被形容為「長大成人」吧。

這樣的關鍵時期，已經近在眼前。

所以無論多麼勉強，我都要去做。

「學長，總覺得你今天很鑽牛角尖呢。」

「咦？」

褐色頭髮湊近到我身邊，她的雙手輕觸我的後腦杓。

我的視線突然往下移。

接著是一股甜美的香氣。

與此同時，感受到整張臉都被包覆在豐滿之中。

「乖乖喔～學長，你要是覺得意志消沉，我隨時都能安慰你喔。」

「所、所以說妳不要——」

「有什麼關係。學長不是說過我是你重要而且珍惜的人嗎？」

「是這麼說過沒錯……」

在摩天輪裡。在陰天聽她說著明美的事情時。

這是過去曾經說過好幾次的話語，而且這個心意至今也完全沒有改變。

但若是要問這一點與這個狀況是否有直接的關聯——

正當我要找到這個疑問的答案，瞬間她便搶先一步在我耳邊低語：

「保護重要的人，並不只是男生的職責喔。我也希望你可以依賴我。只要是為了學長，我什麼事都做得到喔。真的，『任何事情都行』。」

志乃原更進一步把我拉到她的懷中。香甜的氣味跟柔軟的彈性逐漸融化我的思緒。

「只要學長希望的話——應該說，我是這麼期望的。」

「我有保護過真由嗎？根本沒有發生過那種危機……」

「有啊。像是聖誕節那時，還有明美學姊那件事，學長都是直接對我提出意見。那樣真的拯救了我的心。要是有人說學長的壞話，就算是學長自己我也不會輕饒。」

她用雙手抱住我的頭部兩側，讓我抬起頭來。

我跟志乃的肢體接觸不只一兩次了。

她的味道早已經深深烙印在腦海裡。

本能不斷對我訴說——再一次深陷其中吧。

我勉強靠著理性壓抑下來，緩緩抬起沉重的視線。

志乃原的淡粉色嘴唇就在我眼前。

那雙澄澈的大眼睛筆直地望著我。

宛如從半睡半醒的夢境之中清醒，最重要的現實近在眼前。

「我也會依賴學長喔。我們彼此扶持一起走下去吧。」

「……是啊。不過至今都是我在依賴妳就是了。」

像是替我準備晚餐以及打掃清潔等等，以「聖誕老人的報恩」為契機，她真的替我做了很多事。

既然我也有幫上志乃原，那麼往後或許還能彼此扶持走下去。

「唔呵呵，沒關係啊。請你儘量依賴我吧！我雖然年紀比較小，但是搞不好比學長還要可靠喔！」

「我才不會依賴妳呢。而且最後那句話是多餘的！」

「欸嘿嘿～抱歉。」

她害羞地笑了。

接著不知道想到什麼，她用雙手推了推胸前的隆起。

「這麼說來，這次你就沒嫌太熱了。有那麼舒服嗎？」

「……畢竟都九月了。剛好有涼爽的風吹來，所以沒問題。」

「啊哈哈，就當作是這樣吧。學長果然還是學長呢～」

志乃原把臉旁邊的頭髮撥到耳後，並且補了一句：「但天氣確實有點涼了。」

露出耳朵感受氣溫的舉動就跟動物一樣可愛。雖然這麼想，但總覺得這樣不算誇獎，於是把這句話留在心底。

「不過話說回來，季節真的過得很快呢。雖然很想早點二十歲，但是希望在那之後年紀可以停止增長！」

志乃原朝著天空張開雙臂，做出像是傳送念力的動作。

應該是為了掩飾內心的動搖，才會刻意做出這樣天真的舉動吧。

剛才瞥見染上緋紅的耳朵，一定證實了我的推測。

「萬聖節過後，就是聖誕節了。」

「沒錯，聖誕節。去年聖誕節真慘呢。」

回想起聯誼那件事，我也不禁苦笑。

「是啊。不過——」

「好了啦，學長。回憶過去也不錯，不過重要的是眼前的幸福喔！」

「……這句話說得真好。眼前的幸福啊。」

說起眼前的幸福，就是這樣的日常吧。

這麼說來，我的日常還缺少一塊。

拿準備求職及課程當藉口，好一陣子沒參加了，也該去一下才行。

「沒錯！那就是此時在你眼前，像我這樣——」

「很久沒去體育館露臉了，今天打算過去一趟。真由也要一起來嗎？」

「可愛的——學長不要打斷我說話！」

「抱歉抱歉。所以說，妳要來嗎？」

「竟然隨隨便便就帶過去，學長真的很無情耶！太無情了，直到剛才那樣消沉的學長到底跑到哪裡去了！呃，但是學長主動約我，好像還是有點開心。欸嘿嘿。」

「情緒起伏也太大了！」

之前像這樣由我主動提出邀約的次數確實不多。

志乃原基本上都是自顧自地跟過來，以經理的身分幫了我很多。

對我來說，她毫無疑問是無可取代的存在。看著這樣的學妹，總覺得感觸良多。

但是志乃原突然擺出一張臭臉說道：

「咦？請等一下。我每星期都有去同好會耶。應該說是我在邀請最近一段時間都沒來的學長參加才對吧。而且現在還是當美咲以副代表身分命令『把悠太帶來』時，我盡可能幫你蒙混過去的狀況，然而學長卻自以為是地約我去同好會，到底是什麼意思呢？」

「對不起，真的很抱歉。」

再多的感觸也頓時灰飛煙滅，我只能開口道歉。

順帶一提，這是發自內心的認真謝罪。

見我停下腳步深深低頭致歉，志乃原連忙說道：

「開玩笑的啦。你這麼認真道歉，換成我沒去參加時感覺很恐怖耶。」

雖然知道志乃原剛才開口時本來就沒在生氣，但是既然給她添麻煩，那也只能道歉。

然而她的下一句話，就讓剛才這些互動全都拋諸腦後。

「話說學長剛才不是說過上課快遲到了嗎？啊，難道是以跟我聊天為優先嗎？討厭啦學長——」

「哇啊，糟糕，要用跑的了！」

「咦？請不要拋下我啊，而且你今天一直不把我的話聽到最後耶！這麼久沒碰面了，也要多陪陪我好嗎！」

「上課優先啦，快走吧！」

我雖然放慢速度，還是一路奔跑。

志乃原儘管在身後一直抱怨，依然跟了上來。

感受著身後志乃原的存在，我突然想起一件事。

剛才有句話沒能說出口。

對於她說「去年聖誕節真慘呢」這句話的回應。

——不過我們就是在聖誕節那陣子相遇的吧。

現在想想，或許沒說出口比較好。

現在從我口中說出來的話，有時會不經意地帶著刺。

並不是會刺傷人的芒刺。

而是更大的——可能會破壞這個日常的銳利荊棘。

絕對不能破壞。

就算現狀是這麼扭曲的關係，對我們來說想必還是幸福的日常。

即使這樣的日常逐漸邁向終結——至少不是現在。

「學長！」

「怎麼了！」

「我很期待跟學長約會喔！」

約會。

如果是之前的我，一定會否定這個說法吧。
但是現在——

第3話　不對勁

九月中旬。聽起來讓人聯想到秋天，然而到了現在還是經常感覺像是盛夏。

每換一個地方就會被籠罩在不同的熱氣之中，因此一天當中會冒出好幾次明明九月了還這麼熱的感想。

從家裡出門時，還有從外面進到冷氣很涼的室內，再來到室外時——

以及踏進幾十個人正在裡面運動的空間時——

毫無例外的，同好會使用的體育館也籠罩在悶熱的高溫之中。

經過打蠟的地板傳來不間斷的摩擦聲，籃球同好會「start」的成員們都在球場上充滿活力地運動。

既然是在通風不佳的體育館進行激烈運動，全身上下肯定會不停冒出汗水。

明知會有遠比去海邊玩水之後更加不適的黏膩感受還跑來運動，讓我覺得聚集在這裡的所有人都是重度受虐狂。

話雖如此，我也是只要活動身體就能紓解本來那種煩悶的心情。個性相似的人聚集在一起，因此構成這個同好會。

在球場旁邊補充水分，一邊想著這種不著邊際的事情時，一道熟悉的聲音叫住我。

「喂～偷懶狂。」

「嗯？」

擦掉額頭滴落的汗水，我朝著聲音傳來的方向看去。

只見同好會代表藤堂面露竊笑，正朝著我這邊走來。看到那很適合中分黑髮的端正臉龐，我也舉手向他招呼。

「好久不見。你這一個月都在幹什麼？」

「好久不見。都在準備求職的事啦。」

「原來如此，那真正的原因呢？」

「集中精神。」

「我知道你不打算認真回答了。」

藤堂「噗！」笑了一聲，伸手撩起瀏海。他的頭髮比起去海邊玩時長了一點，但在運動的時候並沒有用髮夾固定。

大概是察覺到我的視線，藤堂笑著說聲：「我也想戴髮帶，但是那樣很悶熱啊。」

「這樣啊，不過用髮夾之類也有點危險……話說我剛才的回答還滿認真的喔。真的是在做求職的準備。」

為了慎重起見，我再次強調之後，藤堂果不其然投來懷疑的眼光。

「喔～不過確實差不多該為求職做點準備沒錯啦。只是悠現在的狀況有辦法專注嗎？」

「滿專注的喔。經過這一個月，我有自信比身邊的人領先一大步。」

「喔～已經決定好要去哪裡實習了嗎？」

「是啊。從十一月到十二月，要去兩間大公司。」

「喔，真的假的。不賴嘛。」

聽到我的回答，藤堂意外地睜大雙眼。雖然這樣的反應有些失禮，但是考慮到自己至今為止的言行，這也是理所當然的。

「……看來悠把那件事當成努力的理由啊。那我也放心了。」

「咦？」

「那個人之所以沒有再來，就是『這個意思』吧。」

只有這個瞬間，感覺所有聲音都從體育館消失了。

無論是籃球反彈的聲音、加油聲，還是腳步聲全都在意識的彼端煙消雲散，這讓我嚥下一口口水。

「……都被你看穿啦。」

不只是那月，就連藤堂也是。

我確實認為去海邊玩那時跟他聊過的話，或許就足以讓他掌握我跟禮奈之間的狀況。

只是一旦這麼明確聽他說出口，還是有點難以反應。

大概是看不下去我不知如何回答的模樣，藤堂搖了搖頭。

「我說你啊，只要多少親近一點的人都看得出來好嗎？連大輝都注意到了，我想志乃原更是輕輕鬆鬆就能察覺喔。」

「為什麼這時會提起志乃原啊。」

「你是認真的嗎？」

藤堂聳了聳肩，發出有些傻眼的聲音。

接著他轉了幾下瀏海，輕嘆一口氣。

「……算了，剛才的話就當我沒聽到。反正你應該也知道我想說什麼吧。」

……我恐怕是心知肚明。

但是沒想到他會在這裡向我確認那件事。

懷著這種難以排解的感覺的現況一旦被第三者看透，就會不由得退縮。

至少也要等到自我內心確立方向，才不會受到他人意見的影響。我在心中對著自己說，唯有這件事應該靠自己得出結論。

藤堂也很了解我的個性，所以才會不再深究下去，轉頭看向比賽。

一邊在內心感謝沒有過度深究的藤堂，我的視線也隨著比賽選手移動。

於是我立刻注意到大輝。他將短短的平頭染成金色，揚起彷彿拋開迷惘的笑容，猛力追著籃球跑。

球場旁邊有一個人注視著他。

身為副代表的美咲坐在我們對面的長椅上，對他投以熱情的目光。

看著美咲的表情，我回想起上個月的情景。

「那兩個人呢？」

面對我沒頭沒腦的問題，藤堂乾脆回答：

「喔～他們上星期開始交往了。」

「什麼！」

我忍不住往後仰。

看到我的反應，藤堂晃動肩膀笑道：

「有這麼驚訝嗎？要是在失戀時有人表現出好感，會被吸引也不奇怪吧。」

「不過……呃，這麼說是沒錯。那琴音她——」

去海邊玩的時候，大輝被暗戀好幾年的琴音甩了。

我跟藤堂從大輝本人口中聽見當時的原委，也不過是上個月的事。

「看在琴音眼裡應該感覺滿複雜的吧。」

對自己抱持好感的異性不到一個月就跟別人交往。琴音或許也對大輝有點想法吧。

但是藤堂偏頭說道：

「不一定吧。反正無論如何，這也不是需要受到譴責的事。給出『甩掉對方』這個回答的人也是琴音自己，美咲也是抱持被大輝拒絕的覺悟主動出擊的。」

藤堂用平淡的語氣繼續說下去。

「就算那個人心中會產生複雜的心情也沒辦法，我想她沒有資格對大輝跟美咲的關係說三道四。」

……他說得很對。

但是總覺得以他的個性來說，這句話還滿尖銳的。

有些驚訝的我眨了幾下眼睛。

「我只是以為在沒有見面的這段時間，你或許也陷入類似的狀況。但是從這個反應看來，似乎完全不是這樣呢。」

「我嗎？」

「嗯。也有可能只是美咲比較強勢啦。」

……他是在說我跟禮奈的事吧。

在涼亭跟她之間的那番對話深深烙印在我心中。雖然沒有像藤堂擔憂的那樣不夠澈底的決心，但是應該很難向第三者說明吧。

當我思索著該如何回覆才好時，藤堂再次撩起瀏海。

「抱歉，我的話有點壞心吧。只是就普遍觀點看來，有這樣的可能性而已。」

藤堂的目光有些動搖。

他的表情似乎暗沉了一點，讓我覺得不太自然。

「美咲確實贏得大輝。但是他們的關係才正要開始，或許會走上比一般情侶更難走一點的路吧。」

「……因為是建立在失戀之上的關係嗎？」

當我試探這番話的意圖，藤堂繼續說下去。

「如果交往就是終點，那麼戀愛也不用這麼辛苦了。你應該也很清楚吧。」

「……嗯，是沒錯啦。所以才會希望他們可以好好相處，並且從旁儘量支持吧。」

「不，先顧好自己吧。得讓自己完美才行。」

讓自己完美——有他這樣的容貌及人望，難怪會得出這個結論吧。

但是我總覺得藤堂的語氣，聽起來帶有其他情感。

簡直像在說給自己聽一樣。

「藤堂，你們還順利嗎？」

聽到我的問題，藤堂的表情比平常還要僵硬。

我就覺得他的話語好像比平常更直接，看樣子是猜中了。

「……很難說。」

「我想也是。」

「怎樣，被你看透了嗎？喂喂，好丟臉喔！」

就像剛才藤堂察覺我的近況一樣，我也能夠掌握朋友的臉色。就這方面來說，想必是彼此彼此。

「很明顯啊。藤堂，你跟女朋友交往滿久了吧？」

我的問題讓藤堂露出苦笑，開始做起伸展運動。

這個舉動讓我覺得就像要打消內心的動搖。

印象當中，藤堂跟女朋友的感情一向很好。

說不定是最近才出了一點狀況。

「已經快兩年半了。」

「哇啊，真厲害。已經過了這麼久啦。」

我忍不住脫口說出不合時宜的感想。

他才剛說關係變得很難說，這樣的反應似乎有些輕率。

然而藤堂只是揚起有些開心的笑容，拍打滾到附近的籃球。

「很久吧……如果我們是高中生，應該還能交往得很順利才是。」

「咦？」

「悠，你一定也會懂。二十歲以後的戀愛，跟在那之前的戀愛截然不同……如果沒有演變成切身體會這種狀況的話或許比較好。」

如此說道的藤堂再次看向比賽。

但是他並非在看比賽的發展。在藤堂的眼中，想必是映出他與女朋友之間的情景。

「發生了什麼事啊？」

藤堂稍微挑動眉毛，嘆了一口氣。

「哎，以準備求職為契機，有一點磨擦。她想以大企業為目標，我則是想進入新創公司。她想在大學畢業之後一兩年內結婚，我則是想先維持四五年的單身生活。」

「……也就是價值觀的差異啊。」

聽到我的喃喃低語，藤堂突然笑了。

「這有什麼好笑的？」

「哎呀，抱歉。我一想到『價值觀的差異』這種說法，小時候聽到都只當作藝人的藉口，突然覺得很好笑。」

小時候常會在演藝圈的八卦新聞當中，聽到這幾個字。

這麼說來，當時自己好像也是真心認為只要彼此互相喜歡，價值觀什麼的無所謂。

「果然到了這個年紀，是不是跟價值觀相同的對象，關係才能維持得比較長久啊。」

「先不論好壞，應該比較容易長久交往吧。畢竟這樣就少了一個起爭執的理由。」

「真沒有夢想耶。」

「你應該是最清楚的吧。」

……我那樣算是因為價值觀的差異而分手嗎？

只要加以回想，應該可以找出幾件符合的插曲，但是分手的理由與價值觀無關。

而且就算真是如此，我也不想用這幾個字為我與禮奈共度的那一年下結論。

然而只要是迎來終結的關係，無論何時通常都會用一句話帶過。

至少沒有給出肯定回應的我，不禁咬住嘴唇。

做完伸展運動的藤堂瞄了一眼我的反應，坐在地板上。

「……悠又是怎麼想的？覺得要跟價值觀相近的人交往比較好，還是跟完全不同的人比較好？」

「怎麼突然問這種事。」

雖然如此回應，我還是開始思考。既然是藤堂提出的問題，我還是盡可能想給出真實的回答。現在的藤堂恐怕是想透過我的答覆進行自我分析。

如果可以幫助藤堂，我也不會抗拒說出真心話。

在藤堂身邊坐下，把臉靠在併攏的膝蓋上。

「……我覺得怎麼樣都好。不是怎樣都無所謂，是怎樣都好。」

「……為什麼？」

「價值觀相似的話，就像你剛才說的，可能就不會產生奇怪的摩擦。然而就算價值觀不同，應該也能學到很多事吧。」

聽到我這麼說，藤堂一邊撥弄瀏海，重複了一次我說的話。

「學到？」

「嗯。不是念書這種學習，而是身為一個人得以成長的意思……不過如果沒有實際跟對方交往，也不會知道這種事就是了。」

在跟禮奈交往的時候，我學到很多。

主要原因之一，肯定在於我們的價值觀有著很大的差異。我打從心底認為自己有在那個時候得到這些經驗真是太好了。

感到撕心裂肺，或是從自己失敗的行為之中得知。如果能夠不用經歷任何失敗，度過順遂的人生該有多好。但是我這個人只能從失敗當中學習，在與禮奈共度之時便一再對此產生自覺，到了令人厭煩的地步。

既然如此，我覺得能從價值觀截然不同的人身上學習各種事物也不錯。

「……學習啊。就現在的我來說，也只能做出不分手是最好的選擇這個回答。」

藤堂用一點也不適合他的沉悶語氣開口，總覺得聽起來特別真切。

就在這時——

「怎麼了？」

體育館的入口傳來了嘈雜的聲音。

在我們聊著聊著的時候比賽好像結束了，大家正在做各自的事。

藤堂站起身來，原地跳了兩下。

「……嘿。好像是有客人要找悠。」

「咦，找我？」

「對啊。你不要太超過喔，要是敢在今天的我面前放閃，我可是會大鬧一場。」

「什麼意思……」

當我對嘴角上揚的藤堂發問時，一道熟悉的身影出現在人群之中。

來者晃動精心保養的如絲黑髮——是彩華。
彩華一看到我，便毫不遲疑地走過來。
「是你找來的嗎？」
我低聲發問，藤堂便點了點頭。
「上個月旅行結束時，我歡迎她隨時可以過來同好會，大家應該都會很開心。但在那之後一直沒有出現，我想說她可能只把那當成客套話，沒想到今天就來了。」
如此回答的藤堂使勁伸展身體。
當彩華走到我面前時，身後跟了好幾個男生。大家好像都在猶豫要不要跟彩華攀談。
藤堂把手放在那些男生的肩上，並把他們帶去球場旁邊。男生們也笑著說聲：「我們果然是電燈泡嗎？」乖乖離開了。
大概是有所顧慮吧。
彩華好像也有一樣的想法，說了一句：「真是抱歉。」
不過很快就重拾原本的態度看著我。
注視一下我的臉之後，輕嘆一口氣。
「……原來如此。」
「怎樣啦？」

我忍不住吐槽一句，彩華便露出苦笑。

「抱歉，沒什麼……你今天練習之後有什麼安排嗎？」

總覺得無法釋懷。

但是那種不自然的感覺並沒有令人在意到想立刻提及的程度，我也決定老實回答：

「沒有什麼安排。也不用去打工。」

「是喔。那麼希望你等一下留點時間給我，記好嘍。」

這句話讓人聽不出來是否能夠拒絕，但是我也沒有理由拒絕。

我乖乖地點頭同意，並且問起一直很在意的事。

「真虧妳知道今天是練習日。藤堂有給妳九月份的計畫表嗎？」

「我是問真由的。她雖然不太願意，我還是逼她開口了。」

「逼、逼她開口……」

去海邊旅行時也有所感覺，不過彩華在面對志乃原時，幾乎已經展現出真正的自我。

也就是說，她剛才的說法想必毫無虛假。我不禁在內心對著志乃原合掌默哀。

「怎麼，那是什麼沒禮貌的表情。」

「呃，我有露出怎樣的表情嗎？」

「跟平常一樣。」

「咦？意思是我平常都是一臉很沒禮貌的樣子嗎？妳為什麼不跟我說啊？」
「因為很麻煩。」
「否定一下啊！」
聽到我忍不住大喊，彩華跟平常一樣發出愉快的笑聲。
擦了薄薄唇蜜的雙唇散發豔麗的光澤，讓我不禁撇開視線。
「啊哈哈，抱歉抱歉。不過你今天有來真是太好了。」
「什麼意思啊，我們平常也有見面吧。」
「是嗎？感覺你最近心不在焉就是了。」
……果然被她看透了。
跟志乃原一樣，看來我也得向她道歉才行。
「抱歉。我之前滿腦子都在想其他事。」
「咦？沒關係啦，我又不介意。」
彩華很乾脆地回答，隨手拿起滾落在一旁的籃球。
不顧感到驚訝的我，她隨手秀了一下運球。俐落的動作令人難以想像她有好一段時間沒碰籃球。
「欸，機會難得，我們去沒人使用的籃框單挑如何？」

「怎麼可能啊。不但有體格差距，一男一女要怎麼單挑。」

「什麼嘛。」

彩華難得心有不滿地噘起嘴巴。

「你剛才向我道歉了吧。難道你的誠意只是口頭說說而已嗎？」

「唔……但是妳剛才明明說不介意……」

「我現在決定要介意了。快點，我們去打球吧！」

彩華的話讓我產生猶豫。

才剛對她道歉而已，馬上拒絕她的要求好像也不太好，這確實令我心生動搖。

彩華大概是看透我快要答應她了，伸手指向體育館一隅。

「反正是同好會，應該隨時都能利用角落的籃框單挑吧？那邊有個空場地也很浪費。我們去好好活用吧。」

「……好吧。可不要說什麼輸的人晚餐要請客之類的話喔。」

剛才先拒絕的理由之一——因為我跟彩華如果要針對某件事情一決勝負，拿請客當賭注是常有的事。

最近沒有安排打工的我，其實相當缺錢。獨自外宿的生活光是活著就會不斷花錢，因此現在就算只是一小筆開銷也要謹慎才行。

「唔……我才不會說那種話。我最近滿沉迷於籃球的。真的只是單純因為這樣。」

非常可疑。雖然可疑，但是如此一來也得到她的口頭承諾。

如果只是單純的單挑，要跟她打一場也沒差。

彩華口中唸唸有詞：「真是的，難道你對我的印象是這樣嗎？」一邊想用指尖旋轉籃球，結果球一下子就掉下來。

看來她不想傷到好好保養的指尖。

「雖說原因很單純，但妳真的迷上籃球了嗎？」

「對啊，之前陪明美去戶外練習，不知不覺間就變成這樣了。」

彩華以若無其事的模樣回答。

——戶張坂明美。

她是彩華的國中同學。

過去曾任籃球社副隊長，也是導致志乃原討厭彩華的關鍵人物。

彩華也很清楚這一點，說完就不禁迅速環視四周。

「別擔心。志乃原在比較遠的地方。」

聽到我這麼說，彩華露出有些放心的表情。

彩華跟志乃原和解了，兩人重回有話直說的關係。

但是志乃原能不能原諒明美這個人又是另外一回事，有鑑於過去發生的那些事，沒有必要硬是再讓她們扯上關係。原諒明美終究只是基於彩華個人的判斷。

話雖如此，我也不是打從心底討厭明美。

自從我們認識之後，她也沒有對我找碴，要是沒有那段曾經傷害我重視之人的過去，我們肯定會毫無顧慮地成為朋友吧。

畢竟上學期的考試期間，當我在圖書館昏昏欲睡時，她給了一瓶咖啡歐蕾那件事讓我很開心。

「……明美啊。」

「嗯。這件事你先別對真由——」

聽見彩華的話，我說聲：「我知道。」打斷她。

接著撿起滾落到彩華身邊的籃球，並用手指頂著開始轉圈。

換作是以前，我或許會在意跟一個與朋友關係不好的人繼續來往。國中時也經常聽到「那傢伙是我朋友的敵人。所以不要靠近那個人比較好」之類的發言。

但是我們已經快要出社會了。

或許所謂成為大人，就是能夠像這樣將人際關係清楚地劃分開來吧……最近我像這樣思考何謂大人的機會也愈來愈多了。

「那傢伙啊，籃球真的超強的。」

聽到我這麼說，彩華的嘴角揚起微笑。

「是啊，我已經不覺得自己贏得過她。」

也許是我的心理作用，總覺得她的語氣聽起來有點開心。

我換個想法，再次看向彩華。

「怎、怎樣啦？」

「……沒事。但是妳好像真的長了點肌肉？」

「啥──你、你啊，這可不是該對女生說的話喔。」

「抱、抱歉。我只是想說妳真的滿認真在打球，單純感到佩服而已。體力方面不會吃不消嗎？」

「真是的……算了。」

彩華摸摸自己的上臂幾秒之後開口：

「是滿辛苦的，但是與人切磋的感覺很開心。所以我現在要打贏你！」

「呃，我覺得輸定了。」

冷靜想想，一個國中之後就不打籃球的選手現在還能跟從小打到大，而且相當活躍的現役選手同台較勁的狀況，根本就是超乎常軌。

……我果然只能看到自己輸掉的未來。

正當我在思索為了保護脆弱的尊嚴該怎麼拒絕時，彩華說聲：「等一下。」用指尖堵住我的嘴，阻止我說下去。

「唔咕！」

「你要是贏了，就選個你方便的時間，我做便當給你吃。如何？」

換作是普通男生，這可是相當誘人又極具魅力的提議。

可惜的是我跟她認識這麼久——

「怎、怎麼樣，你看起來挺高興的。」

「咦！」

我忍不住抓了抓自己的臉頰。

說不定是不由得露出微笑，但這完全是下意識的反應。

這讓我覺得很不好意思，為了蒙混過去於是反問：

「那麼要是我輸了，妳真的沒有任何要求嗎？」

「目前是這樣啦。跟我來吧。」

不對勁。

並非那句「目前是這樣」讓我感到不對勁。

而是自己的臉部肌肉竟然因為彩華的行動而下意識放鬆這個事實。
以前的我曾經這樣嗎？
……我們認識這麼久了，想必有過很多次這種經驗吧。
但是總覺得潛藏在這個結論裡的東西，好像直到最近才開始探頭。
我將這個結論壓回內心深處的同時，將球傳給彩華。
等到開始單挑，這樣的思緒也跟著煙消雲散。

◇◆

「……妳放水了吧。」
面對雙手撐著膝蓋，氣喘吁吁的彩華，我有點不滿地開口確認。
比誰先投進五球的單挑，我以一球之差取勝。
考慮到肌肉量及身高差距，照理來說這樣的結果對男人來說滿難堪的。
但是一想到梅雨季時親眼見識的彩華球技，再加上她在這段時間還跟明美切磋琢磨提升實力這點，總覺得剛才那場單挑有些地方令人難以接受。
「我才沒有放水。只是狀態不太好。」

如此說道的彩華伸手扠腰。

「是喔。也是會有這種時候吧。」

「你很乾脆地接受了呢。」

「既然賭上便當了，妳也不會以放水為前提來找我一決勝負吧。」

做一個自己不吃的便當，完全只是件麻煩事。

換作是我站在彩華的立場，應該不會想輸掉這場單挑。

而且從她單挑時的表情來看，感覺好像也滿拚的。

「我早上陪明美練習了一下。看樣子是那時的疲勞還沒恢復吧。雖然覺得已經重拾體力，果然還是不能跟國中時相比呢。」

「啥？真的假的，虧妳有辦法在這種狀態跑來體育館耶！」

一旦離開運動性社團，體力無論如何都會下降。

竟然是在與活躍的現役選手交手之後，換作是我早就立刻回家好好休息了。

但是彩華露出爽朗的笑容說道：

「如果間隔時間有六小時的話，我也會先回家一趟吧。既然只有三個多小時，不管要做什麼時間都不太夠嘛。」

「還是可以去咖啡廳之類——」

「啊～夠了，你很囉唆耶。我今天就是來看你的，不要逼我說出口好嗎？」

如此說道的彩華閉上嘴巴。

她露出不小心說溜嘴的表情，害得我也跟著感覺有些難為情，以至於沒辦法像平常一樣立刻吐槽回去。

就在我與彩華之間瀰漫奇怪氣氛之時，有人朝我們伸出援手。

「喔～你們都辛苦啦。」

往聲音傳來的方向看去，只見藤堂正朝我們走來。

他才剛離開不久，難道是有事要找我嗎？

「我剛才一直在旁邊看，彩華真的很厲害耶。」

「咦？但是贏的人是我喔。搞不好是我的才能覺醒了。」

聽到我說得這麼悠哉，藤堂聳肩回應：

「不，我感覺彩華幾乎沒有用到左手。你都沒發現嗎？」

「什麼！彩華，妳果然放水了！也就是說，我面對身體疲勞還沒恢復的女生，而且是在對方放水的狀況下才好不容易獲勝的嗎！」

「藤、藤堂！我有稍微用到喔，你這樣講這傢伙會很難過吧！」

「這種話根本算不上辯解！」

我忍不住抱頭大喊，藤堂發出愉快的笑聲。

總覺得自己好像被藤堂用來宣洩壓力了，但是比起這種事，更重要的是彩華。

既然她先給自己設下條件，那個狀態應該是認真的吧。

但是要我默默當作沒有發現，還是有損勉強算是籃球選手的尊嚴。

「那麼你不要便當了嗎？」

「我要！……不對，重點不在這裡好嗎！」

「那麼，藤堂。我們進入正題吧。」

完全被忽視之後，我差點就要朝著藤堂的方向來個綜藝摔。

而且「正題」是怎麼回事？她今天的正題不是要來見我嗎？

聽到彩華這麼說，藤堂便從口袋裡拿出髮夾，把隨手聚集的瀏海固定在側邊。

無論怎樣的髮型都適合的臉蛋真是教人羨慕。

「話說藤堂，原來你跟彩華有約啊？」

「我們是約在練習結束之後，還有兩個小時以上……我這麼說可不是在責怪彩華喔！」

聽到藤堂的說法，彩華以過意不去的模樣對他雙手合十。

「不是，我才應該道歉。這個時間本來排好的事突然取消……剛好沒事可做，所以跑過來露臉了。」

「咦～記得妳剛才好像說是要來看我……」

「順便啊。這麼說也沒錯吧。」

彩華以理所當然的態度開口。

儘管這讓我感到很哀傷，既然贏得便當，而且我也很在意他們說的正題是什麼事，於是決定乖乖閉上嘴巴。

彩華看到我的反應便揚起嘴角，重新面向藤堂。

「今年的萬聖節派對，我們想延續夏天的氣氛，跟其他同好會聯合舉辦。既然是大家熟悉的『start』，我們這邊的成員也都很開心。」

我不禁眨了幾下眼睛。

「Green」在舉辦活動方面滿積極的。我想原因出在以戶外活動同好會的特性來說，很難像籃球同好會的練習這樣有持續性的日常集會，但是我們的同好會成員也有滿多人很感謝他們提出這種邀約。

藤堂似乎也抱持相同意見，很乾脆地點頭答應。

「好耶，我會在ＬＩＮＥ群組上告知大家這件事。」

「謝謝。只要人數愈多，每個人要分攤的費用也會減少，而且既然都是熟人，大家也可以玩得比較開心。應該會滿有趣的。」

結果這件事不需要尋求我的意見，就這麼談妥了。

我姑且附和一聲：「我贊成！」但是應該完全沒意義吧。

彩華聽到我贊同的聲音，便露出惡作劇的笑容說聲：「那麼你也會來參加吧。」

這麼說來，這是我第一次在大學生活參加這麼大規模的萬聖節派對。

研討會在班上舉辦的派對也很好玩，不過既然是在大學之中規模首屈一指的「Green」舉辦的派對，或許宗旨會有些不一樣。

為了謹慎起見，我決定先確認一下。

「應該不是像之前參加的情人節派對那樣吧？」

參加那場以男女聯誼為目的的派對，已經是超過半年前的事了。

男女兩人一組聊了一會兒之後，再跟其他異性分組聊天。就這樣輪過一輪之後，由女生把巧克力送給心儀男生的地獄機制。

如果又是那種派對，就算是「Green」主辦的我也敬謝不敏。但是這種可能性應該不到億分之一才是。

「啊，你很懂嘛。就是沿襲自那場派對喔。」

「抱歉我突然有事。」

我立刻轉頭打算離開彩華。

卻被她抓住脖子後方的衣襟，就這麼可憐兮兮地被拖回去。

「我不要，就算是『Green』的成員也不要！應該說正因為是認識的人更不要！」

「開玩笑的啦，你不要大吼大叫！」

「…………開玩笑的喔。」

看著瞬間安靜下來的我，藤堂發出快活的笑聲。

「若要說明什麼叫『受到他人掌控』，應該沒有比這個更理想的畫面吧。」

「吵死了，多管閒事！」

如果是要參加上次那種，即使不是我應該也會有很多人想要逃跑吧。

之前那種派對在第一次參加時確實覺得很新鮮，有過那樣的體驗或許也不錯，但是如果要參加第二次，我就會想盡全力逃走。我不否認那個確實提供了邂逅的場合，不過這跟我要不要參加是兩回事。

「但是萬聖節派對究竟要玩些什麼啊？大家一起變裝然後吃點心的感覺嗎？」

聽到我的問題，彩華微微偏頭說道：

「嗯～基本上是這樣沒錯。不過多少還是想要點其他特色吧？」

「是啊。如果照這樣下去，跟其他派對相比只有規模上的差異而已。參加者恐怕也會被其他派對分散。」

藤堂也同意彩華的意見，伸手抵著下巴低吟。

身為同好會的一介普通成員，我覺得讓大家自由選擇想參加的派對就好，但是也能理解以主辦方來說，希望同好會的成員可以儘量參加的心情。

我也跟他們一起苦思，然後提出一個提議。

「可以邀請魔術師之類，或是其他能進行舞台表演的同好會來嗎？其他也能安排類似派對遊戲之類的橋段，這樣比較能維持萬聖節這個特別日子的感覺。」

彩華跟藤堂紛紛看著我，眨了眨眼睛。

兩人的動作太有默契，讓我感受到他們身為主辦的羈絆。

而且看來他們好像都滿中意我的意見，甚至開始思索起來。

「……對耶。我有想到人選，如果經費能控制在同好會會費可以支付的範圍就行。」

「妳覺得學校會補助一半左右的費用嗎？」

聽到藤堂的問題，彩華偏頭說道：

「還是需要事前確認一下。這些事情早點確定下來比較好，我會去找能做些表演的同好會商量。相對的，可以請你跟校方交涉關於經費補助的部分嗎？」

「沒問題。」

藤堂揚起嘴角回應彩華。

看在旁人眼裡就像是俊男美女在討論工作話題，感覺好像能幹的社會人士。

……可是說到十月底，就是我即將要去企業實習的時候。雖說這次不用參與主辦的工作，有辦法騰出時間參加派對嗎？

到了明年十月底，我應該已經找到工作了。若是考慮到這點，覺得只有今年先忍耐一下會是比較聰明的選擇。

——但這又不是準備大考，總不會因為少了一天就左右整個結果。

我得出這個結論說服自己。

「欸，你這次要不要也來擔任主辦方？」

「咦？」

「夏天旅行你也滿努力的。這是個好機會，你再跟我們辦一次活動吧。」

彩華露出滿臉的笑容。

聽到這個與我剛才的想法完全相反的邀請，我只能露出苦笑。

「不了，我還要準備求職以及產業研究之類的。更何況我的畢業學分還不夠。」

「這點事情你一定可以兼顧的。別擔心。」

「真是的，妳別說得那麼簡單。我頂多只能空出一天而已。」

彩華這麼相信我，確實讓我很開心，但是現實與她的想法之間還是有所落差。

我不是那種可以同時兼顧好幾件事的人。

彩華總是很看好我，但是就我自己看來，實際上並沒有像她想的那麼好，正因為如此，我才想努力追上她對我的評價。

自從我實際開始求職準備之後，這種焦躁感也明顯增加了。我與她至今為止累積的努力並不一樣。至少對現在的我來說，要兼顧拿到學分、準備求職、打工，以及舉辦活動，沒辦法用「這點事情」輕鬆帶過。

然而這也是我自己造成的，所以非得用這樣的理由拒絕彩華的邀請，讓我感到相當過意不去。

正當我想告訴她這個想法時，彩華搶先開口：

「那就這麼說定嘍！」

看她跟平常一樣做出有如女王的舉動，我下意識明確阻止她。

「不行啦，我又不是妳。所以這次——」

但是我在把話說完之前就閉嘴了。

因為我發現剛才脫口而出的話語裡，摻雜了一些沒必要的東西。

「什麼意思？」

彩華有點生氣地皺起眉頭。

「不是啦，那個……」擔心害怕的我不禁開始打馬虎眼。

「這個學期有那麼辛苦嗎？你應該可以在這學期修滿畢業學分吧。」

「預防萬一，我多修了一點。而且還選修一些感覺對求職有幫助的課。」

雖然是自己造成的，但是這個學期修的學分都是很費心神的課。

就這點來說彩華應該也一樣吧，然而現實是如果要寫一份報告，我花費的時間差不多是彩華的兩倍。然而要是再減少打工時數，就會影響到我的外宿生活，所以自然而然地產生在有限的時間當中先排除娛樂的想法。

我不像彩華還有藤堂一樣，做起事來比常人更有效率。

即使考進同一所大學，從考試結果來看我也和他們完全不一樣。

不知道她是怎麼解讀我游移的視線，只見彩華聳了聳肩。

「怎麼，你是在吃醋嗎？」

「才不是，我並沒有吃醋。」

「我想也是。你一臉有話想說的樣子。」

彩華直直盯著我，沒有挪開視線。

但是那雙總是炯炯有神的眼睛，今天看起來有些微的動搖。

不知道是不是錯覺，我們之間好像有股微妙的氣氛，為了排除那種感覺，我「啪！」一聲雙手合十向她道歉。

接著立刻抬起頭來，盡可能用充滿精神的語氣開口：

「抱歉！可以的話我也很想跟你們一起舉辦活動，不過要是參加了，可能會對求職的準備造成影響。」

在彩華面前無論怎麼掩飾，也會立刻遭到看透。所以儘管語氣有些誇張，但這確實是我的真心話。

「……這樣啊。」

「……抱歉。」

「沒、沒關係。我知道了。」

我們並沒有用直截了當的說法。

儘管只有一點點，我依然覺得現在的我們之間確實有種隔著玻璃牆的感覺。

彩華露出有些困惑的表情，但是沒有打算要說些什麼。

或許是看不下去我們的模樣，一旁的藤堂開口介入。

「悠從十一月起要去企業實習，應該難以兼顧這些準備吧。關於這部分的事就交給我們處理吧。」

如此說道的他伸手輕拍我的肩膀，並從只有我能看見的角度透過眼神傳達些什麼。

然而我無法心領神會，總之只能點點頭。

彩華瞬間露出有些不滿的表情，但是立刻恢復原樣。

「彩華？」

「……等等。我先整理一下。」

如果是平常的她，就算有點強迫要我去做某些事，只要我認真拒絕她也能夠察覺。正因為如此，平時才可以輕鬆回應彩華提出的邀請。

然而今天的她看起來實在太奇怪了。

「彩華，發生了什麼事嗎？」

「咦？」

「不是，就是……總覺得妳跟平常不太一樣。」

跟平常不太一樣。而且——想必我自己也是。

看著現在的彩華，我就會回想起她那一天說過的話。

一邊眺望起起伏伏的海浪時，彩華說出口的話語。

——當你迷失自我的時候，還有我在。

反之亦然。

「……不。沒事。」

我朝著悄聲回應的彩華靠近一步。

「欸，彩華。」

彩華抬起視線，張開嘴巴。

就在她正要把話說出口的前一刻，一道精力充沛的聲音撕裂了我們。

「彩華學姊～！」

——是志乃原。

看向聲音傳來的方向，只見身穿運動服的志乃原正朝著我們這邊跑來。

她的頭髮在後方綁成一束，脖子上也浮現汗水。看樣子今天也有盡到經理的職責。

志乃原跟我對上視線之後，很有精神地比出V字手勢，接著露出潔白牙齒笑道：

「學長，你好久沒來打球了，玩得開心嗎？有沒有被彩華學姊打得落花流水？」

「喂，為什麼妳一副很高興的樣子啊。我在她各種放水之下順利獲勝了。」

「哇啊，被女生放水感覺好複雜……」

「不要做出那種反應，我自己最心知肚明好嗎！」

我的回覆讓志乃原笑了起來。

這讓我回想起最近一個月。

即使間隔一段空白，我跟志乃原相處的氣氛依然沒變。

然而明明一直在一起，我跟彩華的氣氛卻好像不太一樣了。

正因為梅雨季那時有個明確的理由，讓我更加切身體會這股不對勁的感覺。

正當我如此思索時，彩華仰望天花板，閉上雙眼。

「……嗯。果然會變成這樣啊。」

這麼說完的彩華像是放棄一般嘆了一口氣。

比起那種會讓幸福溜走的沉重嘆息，更像是下定決心的感覺。

於是彩華輕推了一下我的胸口。

「那麼萬聖節之後的校慶好歹要來喔。唯獨那一天……我也想好好玩一下。」

「喔、喔。」

彩華露出柔和的笑容就此離開。

每當她踏出腳步，那頭黑髮就會朝著各個方向飛舞。

我看著她逐漸走遠的背影一會兒，身旁的志乃原向我問道：

「……學長，你搞砸了什麼嗎？」

「說我搞砸是什麼意思啦。」

回應的語氣雖然輕鬆，內心卻感到不安。

既然志乃原也覺得彩華不太對勁，這讓我再次體認那並非自己的錯覺。

即使如此，要說是一觸即發的氣氛好像又太溫和，但是與平時相處的氣氛相比，又莫名有些混濁。

我對著跟我們拉開一點距離的藤堂問道：

「藤堂，你覺得呢？」

「天曉得。」

伴隨簡短的回應，藤堂聳了聳肩。

「我也不知道。而且抱歉，我有刻意不去聽你們講話。」

「咦？……好吧。」

我覺得那應該是聽得見對話的距離，多少有些無法釋懷。

說不定這是藤堂在仔細思考之後，覺得自己的干涉會太多餘吧。

唯有這個理由，不用多說也能明白。想必就跟大輝那時一樣，藤堂希望我能夠靠自己得出結論。

我再次看往體育館出口的方向。

那道熟悉的背影早已無影無蹤。

第4話　蜻蜓的光輝

搞砸了呢。

在體育館時原本打算維持平常心的，但是不知道自己有沒有好好掩飾過去。

自己也感到相當意外。

我自認已經習慣藏起自己真正的想法了。藏起自己的心思，臉上揚起開朗的笑容根本只是小事一樁。這應該就是成為大學生的我才對。

但最近愈來愈常讓周遭的人看見自己的本性。就算是以前可以更圓滑應對的狀況，直接說出真正意見的機會也增加了。

因為在梅雨季時的那件事之後，我又改變了自己一次。

但是就在幾分鐘前，我切實感受到意料之外的弊害。

——跟以前相比，我更容易表現出情感了。

經過剛才的對話，那傢伙應該還是會說現在這樣的我比較好，但從現況來看實在不知道這麼做對不對。

剛進大學時還隱藏真正的自己，那個時候我將這樣的自己解釋成具有雙重意義。

一個是這能成為拓展交友圈的武器。畢竟圓滑處世容易給人留下好印象。在大學建立的人際關係，到了出社會之後得以活用也是目的之一。或許是曾經歷被孤立的過去，就算只是牽起小小的緣分，我也會覺得很開心。

另一個則是有時候能夠成為保護自己的盾牌。就算陷入曾幾何時那樣被人用言語攻擊的狀態，只要偽裝出一個虛假的自己，那些話就不會攻擊到真正的自己。如此一來就能認為遭到攻擊的是虛假的自己，真正的自己其實毫髮無傷。

——但是現在的我不一樣。

現在不只是悠太，我也對真由、那月、樹，還有其他系上朋友都敞開心房。

與過去相比，這麼做能建立真正的人際關係，讓我感到相當滿足。

但似乎還是要付出代價。以後必須再更加注意好好控制自己的感情。

「……我是在煩躁什麼啊？」

這麼喃喃自語之後，我咬著嘴唇。

換作是之前，才不會有這麼鬱悶的心情。

察覺自己喜歡那傢伙，應該也是產生這種心情的原因之一吧。

不用掩飾自我，不用武裝自己，跟他相處時只要表現真我就好。

這是我們成為摯友的理由，也是我以異性的角度喜歡他的理由。

但是沒想到這會幾乎讓我抱持負面情感。

我本來以為就算喜歡上他，自己也不會有任何改變。

「我又不是妳」這句話聽起來確實有點刺耳，但那也是硬是要他參加的我不對。讓我頓時無法整理思緒的，是他接下來的發言。

——我並沒有吃醋。

那傢伙脫口說出的，平凡無奇的一句話。

……這明明就是理所當然。

那傢伙本來就把我當摯友看待，而且他也知道藤堂有女朋友。這句話是基於我跟藤堂怎麼看都不是男女關係這個極為正當的理由。

以這點來說，悠太一點錯都沒有。

換作平時的我，一定能馬上想到這一點。

然而剛才的我不但只聽到這句話的表面含意還單方面感到煩躁，不自然地離開那裡。

……如果這就是喜歡上一個人的弊害，那麼戀愛未免太困難了。

我見過很多被戀愛耍得團團轉的人。其中遭到對方背叛之人的表情浮現腦中。

高中時代的我，完全無法理解為什麼要逕自對他人抱持期待。

……但是現在的我大概可以明白那種心情。

正是因為喜歡，所以才會有所期待。

我剛剛會感到煩躁，是因為下意識的期待遭到背叛的關係。

所以才會因為一點微不足道的話語而動搖，內心也不禁騷動起來。

期待有時也會成為產生負面情緒的主因。

……對於那傢伙來說，應該會覺得很傷腦筋吧。

畢竟別人在自己不知情的狀況擅自抱持期待，然後擅自覺得遭到背叛，接著又擅自感到煩躁不已。

高中時，我曾見識過好幾次那些想要排擠我的男生們的表情。

其中應該也有男生因為不想認為被甩的自己很難堪，於是認定錯出在背叛期待的我，藉此逃避現實吧。

我絕對不想變成那種人，然而就算是我，國中時如果處在同樣的狀況下，也不知道自己會變成怎樣。

戀愛恐怕就是會讓內心偏離正道到這種程度。

……幸好我在現在產生自覺。

如果是現在的話，就能再次封閉自己的情感，用聰明的方式靠近他。有辦法只為了追求結果，吸引他的注意。若是熟知那傢伙內在的我，確實有辦法辦到。

「但是不會那麼做就是了。」

我茫然地唸唸有詞。

我並沒有不惜欺騙他，也想與他交往的打算。

更沒有不惜欺騙自己，也要跟他在一起的想法。

因為要是欺騙其中一方，我們至今共處的時間肯定就會變質。

我想要讓喜歡的時間就這麼發展下去。我不需要虛偽的時間。

為了秉持自我，唯有這點絕對不能扭曲。

內心洶湧的波濤已經沉靜下來。感覺就像回到平時的海面。

無意間抬起頭來，發現自己站在從體育館通往外面的出口旁邊。

內心的情緒在我從離開球場走到這裡的這段期間便恢復原樣。

隔著玻璃牆，只見高掛在深藍色空中的新月散發淡淡的光輝。

……能夠立刻重拾自我，應該是多虧了先前的那段時間吧。

我緩緩閉上雙眼，回想當時的事。

「不要對我客氣喔。」

禮奈突然跑來找我的那段時間。

我們進入咖啡廳閒聊了幾分鐘之後，她就這麼對我說。

感覺自己拿吸管的手不禁加重力道，於是刻意讓肩膀放鬆。

「……什麼意思？」

「妳應該聽得懂吧？」

禮奈的語氣還是一樣開朗。

但是同時也有點僵硬，這也表示她這次過來找我的正題，全都凝聚在剛才的那句話裡。

能瞬間改變她這個平常性格應該很沉穩的人，就只有那傢伙了。

海邊旅行的第二天，我們一邊眺望夜晚的大海一邊交談的內容，我幾乎都還記得。

那傢伙脫口而出的每一句話，如果假設談論對象是禮奈的話，那麼全都說得通了。

……那傢伙真的很不會隱瞞。雖然那是一段讓我不太確定他是否有意隱瞞的交談，但是依照那傢伙的個性來看，應該是覺得把那天發生的事據實跟我說，會感到很過意不去吧。

到頭來我還是立刻聽懂了。

正因為如此，即使禮奈沒有明說，我也能夠心領神會。

「是啊。」

面對我肯定的回答，禮奈低聲回應：「對吧。」

……我要是很遲鈍的話，禮奈就得自揭瘡疤了。

光是想像要親口說明自己被甩了，就會覺得心痛。

沒有演變那種狀況真是太好了。

我欠了禮奈很多。只要是她的期望，基本上我都想伸出援手。櫻花開始散落時我說過的話語，至今也依然留在我心中。

……啊。她會不會就是指這個想法呢？

既然如此，我還是想知道她的意圖。

「妳為什麼要特地跑來告訴我不要客氣呢？」

「嗯。一直到情人節那時，我對妳……就是……沒什麼好感。」

「……嗯。那是當然。」

我不禁心想，由她說來雖然是理所當然的一句話，若是聽在旁人耳裡，應該會覺得這是充滿火藥味的對話吧。

我們為了逃避九月的乾燥酷暑而進入咖啡廳，現正隔著圓桌子面對面交談。

店裡同為學生的嘈雜聲音此起彼落，不用擔心會有其他人聽到我們的對話。

既然是兩個女大學生，也可以找間更有氣氛的咖啡廳，但是對於現在的我們來說，或許這樣剛好吧。

因為我們各自抱持扭曲的心態太久，實在難以表現出我們單純很要好的關係。

不過就和旅行那時一樣，彼此之間並沒有那種緊張感。

正因為有達成某種程度的和解，這麼扭曲的對話才能風平浪靜地說下去。

「我啊，決定先對悠太死心了。」

「……這樣啊。」

「我不會再跟悠太見面。決定等到完全沒有任何留戀之後再去見他。」

聽到禮奈這麼說，我不禁緊咬嘴唇。

為了蒙混過去，我握緊裝有冰咖啡歐蕾的杯子，把視線從禮奈身上移到桌子。

她選擇了不見面。

那真的有不惜壓抑自己的真心，也要去選擇的價值嗎？

禮奈大概是自己得出這個結論，我也十分清楚自己的立場不應該去思考這件事。但是說真的，我不想贊同禮奈這個選擇。

要是贊同了，當自己站到相同立場時，也就只會有這麼一個選擇。

我的覺悟還是不夠。

以覺悟這層意義來說，禮奈的確在我之上。

「所以在那之前，悠太就交給妳了。這就是我來跟妳說不要客氣的理由。」

禮奈朝著我微微低頭。

……為了跟我說這件事，她肯定苦惱了無數個夜晚。

竟然要將最喜歡的前男友託付給過去的情敵。而且還是自己主動提出。

這絕不是突然想到隨口說出的話語。

也不是抱持普通的覺悟就能說出口的話語。

正因為如此，我也明確做出回答。

「沒辦法。」

「……咦？」

她的語氣像是不敢相信自己聽到什麼。

話中之所以沒有怒意，應該只是因為還無法理解。

「嗯。正確來說，是可能沒辦法。」

我又說了一次，禮奈的聲音總算有了明確的情緒。

「為什麼？妳不是喜歡悠太嗎？」

「我沒有向任何人說過喜歡那傢伙就是了。」

我不禁苦笑。

真由應該多少感受得到，但是我們沒有用明確的話語互相確認。和禮奈之間也一樣。

然而仔細想想，自己曾經為了向她道歉跑去女子大學，她就算察覺也不奇怪。

參加海邊旅行之前還很有規矩地打電話徵求我的許可，大概就是這個意思吧。

「就算沒說……我也知道。」

「為什麼妳會這麼覺得？」

「因為……應該說只要看著妳，或多或少都能察覺吧。」

「真的嗎？這或許讓我有點受到打擊。」

我很害怕自己流露出想隱瞞的情感。就跟難以控制的情感占據內心一樣令人害怕。

「欸，妳喜歡悠太對吧？」

禮奈的視線筆直地看著我。

「……嗯。」

「對吧。既然如此，我無法理解妳為什麼會受到打擊。」

「我只是以為自己很善於掩藏真心，所以才會受到打擊。抱歉，話題扯遠了。」

禮奈輕笑說聲：「喔，原來是這樣。」然後喝了一口冰咖啡歐蕾。

經過幾秒的沉默，禮奈再次開口：

「比起其他情感，戀愛或許比較特別。當我還是高中生時，也很難想像自己會受情感影響到這種程度呢。」

「聽妳這麼說，感覺好像得到救贖。」

我也露出苦笑繼續說下去：

「正因為喜歡，才有可能無法實現這段感情。所以我才會說沒辦法保證。」

我們至今都是互相尊重彼此的領域，推誠布公彼此內心的想法，才有辦法相互理解。

我想替他做點什麼。對方想必也有同樣的想法。

然而事到如今，內心確實期望他能為自己做點什麼。

假設我的心意成真，發展成為戀人的關係，感覺只會加速這種仰賴他人的念頭。

我很想相信唯獨自己不會變成那樣，但是我也親眼見識原本抱持相同想法的朋友，在交了男朋友的幾個月後便改變想法。所以沒有證據可以斷言自己不會變成那樣。

因為我從來沒有交過男朋友。

我無法沉浸於明明沒有任何經驗，卻還要硬扯出一個證據的天真思考之中。

至今不知對那傢伙說過幾次「不要對我有所期待」，我反而對他抱持期待也說不過去。

在這種狀態下——

「妳對我這麼說，讓我覺得很開心。但是我還有搞不清楚的地方。我不想不負責任地輕易答應妳。」

「……這樣啊。這樣大概很符合妳的個性吧。」

禮奈低下視線。是不是想起那傢伙說過的話呢？或者是……

「彩華。在妳心中有無視自己對於悠太這份心意的選項嗎？裝作沒有察覺的選項。」

「沒有。」

我立刻給出回應。

然後，再一次重複。

「不會有這個選項。」

因為這份心意是我非常珍惜的情感。

是我跟他相處到最後得出來的答案。

若是否定這個答案，或是裝作沒有察覺，等於否定與他共處的那些時光。

就算其他人再怎麼否定，只有我不能加以否認。

耳朵聽見輕柔的笑聲。

當我抬起視線，只見禮奈對著我揚起溫柔的笑容。

那雙彷彿要被吸進去的淡紫色美麗眼睛。

……為什麼有辦法對我露出這樣的表情呢？

「嗯。那就沒問題了。妳大概只是還沒整理好自己內心的情感而已。」

這句話就像是在回覆自己剛才的思考。

然而很不可思議的是，我並不會因為被她看透心思而感到厭惡。

這對我來說明明是想深深埋藏心底的情感。

……因為對象是禮奈的關係嗎？

「彩華，妳說不定會在內心還沒整理好的狀況下先經歷一次失敗。雖然我不知道那會是怎樣的失敗，但就是有這種預感。」

如果我們的關係還是跟相遇那時一樣，我肯定會加以反駁。

但是現在的我能夠坦率聽進去。

我直直望著禮奈。

「到時候請妳試著回想一下吧。只要開口向悠太道歉，他馬上就會諒解了。記得要化作言語說出口喔。」

腦海浮現禮奈跟悠太之間發生過的那些事。

我跟那傢伙都有下意識過度相信就算不說出口，對方應該也能理解的一面。

「……這讓我再次體認到了。既然我的意見也跟禮奈一樣，想必就代表真的有這種傾向吧。我自己大概也是。」

「嗯。別大意了，多注意一點吧。」

……這句話的分量截然不同。

明明相處的時間是我比較久，她這番話卻說進我的心坎裡。

會不會是因為她的話中混入了各式各樣的情感呢？

雖然我也沒有資格去解讀這份心思就是了。

「……彩華，等妳整理好自己的心——」

禮奈拿著插在杯子裡的吸管繞了一圈。

禮奈的飲料跟我一樣是冰咖啡歐蕾。然後——

「妳會成為最懂悠太的人吧。到時候……就再一次把悠太交給妳嘍。」

「……知道了。到時候就交給我吧。」

不知道該露出什麼表情才好，最後我選擇強而有力地揚起嘴角。

至少想讓她看一下我的自信。

這是為了即使感情無法成真，也要抹去心中那個離開那傢伙身邊的選項。

「……謝謝妳。」

禮奈淺淺一笑。

不像我，她以前想必只會對他露出這抹微笑。

……那傢伙真是個笨蛋。

再也找不到這麼好的女朋友了吧。

當我犯下禮奈忠告的「失敗」時，就回想今天的事吧。

為了我。為了悠太。還有眼前的——

「那麼我們走吧。彩華，妳等一下有空嗎？」

「……嗯。我今天沒有其他事。」

走出咖啡廳，耳邊傳來寒蟬的鳴叫聲。以九月來說還算涼爽的清風撫過臉龐。

我一邊壓著被風吹起的頭髮，緩緩仰望天空。

染上橙黃的空中，只見蜻蜓正在盤旋。

蜻蜓虛無縹緲的迴旋，在下個瞬間只留下淺綠色的殘影，深深烙印在秋季的天空。

宛如祖母綠的剎那光輝。

身旁的禮奈倒抽一口氣。

夏天結束了。

秋天即將到來。

★第5話　一決勝負

「我來做便當了。」

「咦？」

我忍不住冒出傻愣愣的回應。

自從我跟彩華之間瀰漫微妙的氣氛之後，也才過了一天而已。

昨晚一直苦惱在學校遇到她時要露出怎樣的表情，見面第一句話要用怎樣的語氣才好，結果直到天亮才睡著。

然而現在是只睡幾小時的我被門鈴吵醒，頂著亂糟糟的頭髮打開玄關大門，發現穿著純白上衣的彩華若無其事地站在眼前。

「做便當。」

彩華再次開口，輕輕舉起右手臂。

她的手腕掛著超市的塑膠袋，裡面冒出各種看起來很新鮮的食材。

「我要進去了喔？」

「呃，啊，嗯。」

由於才剛睡醒，我的思緒還沒有很清晰。

似乎還要一點時間才能將腦中的想法化作言語。

「你還在睡吧。抱歉把你吵醒了。」

「嗯……這是沒關係。妳怎麼突然來了？」

我一邊開口一邊讓彩華進到家裡。

超市塑膠袋跟衣服摩擦的聲音，讓家裡久違地熱鬧起來。

彩華以熟練的動作將食材一一從袋子裡拿出來，站在冰箱前問道：「可以打開嗎？」

「啊，嗯。可以啊。」

滿臉笑容的彩華地打開空蕩蕩的冰箱，接連將食材放了進去。

關上冰箱之後，轉身面對還不太能夠理解現況的我。

「欸。真是抱歉喔。」

「不，這沒什麼……不如說我的生活習慣剛好又有點偏差，真是幫了大忙。」

聽到我的回應，彩華用力搖頭。

「不，我是指昨天那件事。我害得氣氛變得很奇怪吧。」

「呃，啊……也不是說氣氛很奇怪，那是——」

「你不用打馬虎眼也沒關係，我有所自覺。抱歉。」

在我說完之前，彩華便開口打斷我的話。

在體育館的對話讓我昨晚那麼苦惱。

看在藤堂跟志乃原眼中，或許氣氛確實變得讓他們有些困惑。

我當然同樣感到困惑，但我認為那是自己的說法引來的結果。

這也是我在睡前不斷思索的事，但是我認為自己應該還有其他比較好的說法。因為很忙、因為一點也不從容，這種話本來就不能當成藉口。

就算彩華做事的效率很高，忙碌的時期應該比我更多才是。即使如此，卻只有我立刻示弱，還用那種有些刺耳的說法。

在彩華打斷我的話之前，我打算向她道歉的，不過看來她似乎覺得錯出在自己身上。

明明這件事不能全怪在彩華頭上。

「是我沒有考慮到你的狀況就約你的關係。」

「不對，等一下。妳又不是現在才這樣。不管是聯誼還是平常一起出去玩，妳約我的時候大多都是這樣啊。」

彩華的表情稍微有點陰沉。

換作是其他人，想必不會將那樣細微的變化放在心上。

「說得也是。對不起。」

「咦？啊，嗯。」

……看來彩華是認真在向我道歉。

這麼想好像不合時宜，但是實際上像這樣把話說開，就覺得只不過是一點瑣事。一想到我們竟然因為這種事搞得氣氛有些尷尬，就覺得很可笑。

彩華像昨天那種旁若無人的態度，也只是一如往常。

她從高中開始到現在，一直都是這樣。

我同樣也有從高中至今不曾改變的一面，應該說我肯定在許多方面都仰賴著彩華。

像這樣一如往常的互動，偏偏只有昨天迎來不一樣的結論，想必是因為正站在求職這個人生重大分歧點的狀況。想讓自己能夠自豪的期望，以及現狀的反差之間產生的焦躁感，讓我的語氣不禁強烈了一些。

……我得好好反省才行。

有句話是「魚與熊掌不可兼得」。

然而就算要我捨棄某個東西，我也不想將親近的人列入其中。當我做出那個選擇的當下，就無法感到自豪。而且那傢伙也絕對不樂見這樣。

……話雖如此，只是難得最近比較忙而已，竟然搞得唯一的摯友露出這種表情。

這個自覺實在難堪到令人發噱。

「哈哈哈！」

……想通之後，忍不住真的笑出聲來。

「你、你在笑什麼啊？我是在跟你道歉耶。」

「哎呀，抱歉。我只是在想一直以來明明都是不管對方是否有空，就算態度有些強硬也是『總之先約再說！』。要不然我們也沒辦法直到現在都還是摯友吧。」

「不過就算再怎麼親近——」

「我要收回前言，我們不需要那種東西！」

聽到我如此大喊，彩華不禁眨了眨眼睛。

「吵架時就儘量吵。只要能像這樣把話都說開，我們一定沒問題。就算出了社會，就算忙得要死，只要在有所偏離時把關係拉回正軌，無論發生任何問題應該都沒關係吧。」

確實需要考慮對方的心情。

但是如果顧慮到神經質的程度，相處起來彼此都會很不自在，也沒辦法好好放鬆。身為彼此可以放鬆的歸宿，這應該就是我們的相處方式。

現在的狀況的確跟當時不一樣。

我們多少長大了一些。這場求職將會考驗我們累積至今的人生經驗。畢竟是第一次面對這種狀況，當然也會感受到前所未有的壓力。

然而對於彩華來說也是一樣。

竟然拋出希望她可以多少顧慮自己的狀況這種話，真的只是自我滿足而已。要是真的面臨難以配合的狀況，無論多少次都沒關係，只要拒絕對方就好。

如此心想的我再次對她說聲：「妳真的完全不要放在心上。」

「……說什麼傻話，怎麼可能完全不在乎。」

彩華邊回應邊嘆了一口氣。

如果就字面上來看，這番話就跟平常一樣帶刺。

但是不知為何，總覺得彩華的嘴角微微上揚。

光是能看到這樣的表情就足夠了。

「我的說法也太過分了～」

當時彩華之所以散發感覺一觸即發的氣氛，並非因為我拒絕她的邀請。

「說什麼『我又不是妳』真是太多餘了。當時氣氛會變成那樣並不是彩華害的，而是我說錯話的關係。如果沒有那句話，也不會演變成必須像這樣把話說開的狀況。對不起。」

如此說道的我向她低頭致歉。

彩華也緩緩坐下，正面注視著我。

「……不，那倒是完全沒關係。我想像這樣把話說開的時間，想必也是有其意義。」

「……我也是這麼認為。」

準備要從學生成為社會人士的這段期間。

這次的我太過投入其中，導致我們之間的環境產生差異。

一點一點累積起來的結果，促使了體育館的那個狀況。

反過來說，即使因為環境的變化讓我們的關係產生偏離，也不過是花個一天就能修正回來的程度。

往後我們之間還會出現各式各樣的差異。

無論我們共度多麼漫長的時光，終究還是兩個不同個體，這也是無可厚非。

但就今天這個狀況看來，應該沒必要去擔憂這個關係的未來吧。

因為不管產生多少誤會，我們都能像這樣化為語言說出來。

——暗灰色的髮絲掠過我的腦海。

之所以能像這樣深思熟慮一件事，都是因為我學會把話說出口的重要性。

未來當我有所成就與她重逢時——可得好好道謝才行。

不要焦急，但也不要大意。

未來就在安心與緊張的適當平衡之間度過吧。

彩華走向廚房，開始準備做菜。

看著她的背影，我也緩緩閉上眼睛。

◇◆

「睡什麼睡啊！」

「噗喔！」

正當腦袋準備踏入感覺滿舒服的夢境時，瞬間就被拉回現實世界。

就在覺得吃虧之時，我回想起自己身處的狀況，猛然撐起上半身環視四周。

一股令人食指大動的香氣頓時竄入鼻腔。

我朝著飄來香氣的方向看去，只見矮桌上擺滿菜餚。

火腿蛋、馬鈴薯燉肉、可樂餅，還有炒青菜跟蛋花湯。

一盤盤可以當成主餐的料理放在桌上，讓我不禁睜大雙眼。

尤其是那盤炒青菜，在乍看之下很健康的賣相當中加入類似羊肉的東西，感覺是重口味的醬汁散發琥珀色的光芒。

「這、這究竟是……」

「不要睡昏頭了。我才想叫你來廚房幫忙而已，回頭發現你又睡著了。嚇我一跳。」

彩華拿個杯子倒入牛奶。

將乳白的液體盛滿杯子之後，放在桌子的中央。

「快喝吧。你是不是缺鈣啊？最近攝取的營養不均衡吧。」

「喔、喔喔。我好像真的很久沒喝牛奶了。」

「對吧。我隨便做了幾道你應該會喜歡的東西，儘管吃吧。」

彩華說完這句話便坐在坐墊上。

我再次看向矮桌，眼前是一道道對於獨居之人來說太過豪華的菜餚。

她好像沒有叫醒我，自己做完這些菜。

我一邊移動到彩華的對面，同時猶豫是該向她道謝還是道歉。

但從彩華有些緊張的表情看來，現在先緩和一下氣氛會比較好。

「這……這是陷阱嗎？該不會加了什麼——」

「真沒禮貌，我怎麼可能做那種事啊！」

彩華拿起叉子對準我。

「非常抱歉我反對使用暴力，話說妳不要把叉子用得好像凶器一樣！」

我高舉雙手做出投降手勢。

然後維持這個姿勢跟她面面相覷，兩人就一起笑出聲來。

——總覺得我們之間好久沒有這種快樂的氣氛了。

自從八月到九月，我們見面的次數並沒有特別減少。

不過想必是因為我的心境朝著負面的方向傾斜了吧。

現在的我能對此產生自覺。

「好了，快點吃吧。」

「也是呢。謝謝妳做飯給我吃。」

「別放在心上。昨天說過要是單挑輸了就做便當給你吃吧。」

「這與其說是便當，完全就是家常料理了。」

「把吃不完的做成便當就好。別在意那種瑣事啦。」

雖然一點也不覺得這算瑣事，但是無論如何，這個分量一餐確實吃不完。

以每個人一天的食物攝取量來看，別說可以帶便當，感覺留到晚餐再吃都沒問題。

不過現在比起這些無謂的指摘，好好享受眼前的料理才是最重要的。

「我開動了！」

雙手合十打聲招呼後，彩華也面露笑容做出一樣的動作。

「其實今天啊，本來打算等你吃完再道歉的。反正你這個人在吃過親手做的料理之後，應該任何事都會原諒吧。」

「原本打算收買我嗎！」

「開玩笑的。」

「到底是怎樣！」

豪華的早餐時間就在一如往常的談笑聲中展開。

不知道有多久沒有一大早就吃這麼好了。

最近都是早上就要打工，所以時常什麼都沒吃便直接出門。

為了不要刺激胃部，我先喝了蛋花湯，接著是炒青菜。享受柔軟又彈牙的羊肉之後，吃了一些最經典的馬鈴薯燉肉。

明明是一大早卻能一口接著一口吃個不停，這是因為每道菜都很美味。

剛醒來時還有些恍惚的腦袋逐漸受到幸福感所控制，臉上自然流露笑容。

整整十分鐘，幾乎都在沉默的咀嚼之中度過。

總算放下筷子跟小盤子的我這才開口：

「呼。抱歉，幾乎都沒在聊天。」

「沒關係。看你吃得津津有味的樣子，我也很開心。」

聽到她這麼溫和的語氣，我也老實地點頭回應。

彩華大概也在開心地享受自己做的料理，只見她吃了與我差不多的分量。

「我真的完全不會下廚。雖然我也知道自己做飯比較好啦。」

「平常都是真由煮給你吃嘛。」

「唔……」

我頓時語塞，將準備送到嘴裡的湯匙放回盤子上。

總覺得彩華的語氣絲毫沒有暗沉的感覺，我畏畏縮縮地抬起視線。

只見眼前的彩華露出惡作劇的笑容。

「呵呵，你幹嘛這麼害怕？不用在意，我都知道。你應該也沒有忘記之前那件事吧。」

「……我記得。感冒時妳來探病那次吧。」

那是彩華第一次來到我獨自居住的家中隔週的事。

當時我從彩華身上感受到彼此的默契，於是硬是說是家人來過這裡。

今天會提起這件事，是因為她已經不介意了嗎？

不過彩華也沒有繼續說下去，而是換一個話題。

「話說你都不來我家耶。」

「呃……哎呀，我也很想毫不客氣地去妳家啦。」

我一邊回應，一邊將剛才放回去的湯匙再次送進嘴裡。馬鈴薯跟牛肉都很入味。

要是真的毫不客氣地過去，是不是偶爾能夠吃到如此佳餚呢？

跟禮奈和解之後過了幾個星期時，我有一次去彩華家讓她招待親手做的料理。當我說出「偶爾去妳家蹭飯吧」，是真的有這個打算。

彩華恐怕是在那之後與禮奈見面，我跟彩華有一段時間沒有交談。

梅雨季時去了她家兩次，但是當時的氣氛沒辦法好好坐下來吃頓飯，後來也莫名錯過時機，就這麼到了現在。

「難得我當時都答應你了。竟然對我的一番好意這麼客氣，你真的很奇怪耶。」

「這種話哪有人自己說的啊。」

即使如此，聽到這番很有彩華風格的發言，我也不禁笑了出來。

不過會因為接觸到彩華自信滿滿的一面感到開心，說不定也代表我正如同她所說的，是個怪人。

……既然她都煮這樣的料理給我吃了，我覺得不開心才有問題吧。

「你可要記得來喔。你以為我是為了什麼要一個人住的啊？」

「咦，難不成是為了跟我一起吃飯嗎？」

「不是，是為了減少通勤時間。」

「那剛才的問題是什麼意思！」

我的吐槽也惹得彩華笑了。

她的表情跟我第一次切身感受到幸好能與彩華建立互信關係時一樣。

我們隨口閒聊，時間轉眼間就過去了。

與其說是快樂的時光過得特別快，我覺得只要跟彩華聊天，這就是理所當然的。

即使我們之間的關係從高中到現在也在逐漸改變，唯有這一點完全沒變。

而且往後應該也不會變吧。

到了幾乎快把配菜吃完時，我們聊到這個時期特有的話題。

「我覺得你準備求職的方式並沒有錯，不過效率不太好。至少先把產業類型的範圍縮小一點再行動比較好吧？」

「我也不是沒有這樣想過，但這搞不好是我第一次也是最後一次求職吧？要是開始工作之後，大概就沒什麼機會可以跟各種產業的社會人士交談了。這也算是為了將來拓展視野，所以才會覺得至少先採取行動也好。」

在這個不知道機會何時降臨的世界上，唯獨行動才能成為把握的力量。身為沒有任何技能的一介學生，我也只能持續行動。

當我認真思考之時，突然察覺彩華面帶竊笑盯著我看。

「怎樣啦？」

「呵呵。沒有，只是在這方面被你說服，讓我覺得滿開心的。」

「這算是監護人的感想嗎？」

「差不多吧。」

「才不是！」

聽到我的抗議，似乎覺得有趣的彩華晃動肩膀笑了。

「那妳在這方面有進展嗎？」

「那當然。你以為我是誰。」

聽到她這麼輕鬆的回答，我不禁嘆了一口氣。

雖然當時是下意識說出那種話，但是擺出那種好像只有自己特別辛苦的態度，實在對她太過意不去了。

「妳真的很了不起。唉～我好沒用啊。」

「等一下，我可不想要你用那種表情品嚐我做的料理。」

「……也是呢……嘻。」

我勉強一笑，彩華便瞇起雙眼。

「好噁心。」

「太狠毒了吧！」

我大喊一聲，將碗裡的炒青菜一口氣扒進嘴裡。

就連這時也一直感受得到來自正面的視線，因此花了平常兩倍的時間才能嚥下。

「……妳這樣盯著看，我會不知道該用什麼表情吃飯耶。」

「沒差吧，跟平常一樣就好。」

「妳就沒有不看著我的選項嗎？」

「沒有呢。反正我喜歡看著你的臉。」

「妳要說看我這副蠢樣讓妳感到放心嗎？」

吞下最後一口馬鈴薯燉肉之後，我輕聲笑了。

然而她卻是以溫柔的笑容回應。

「……是啊。就當作是這麼回事吧。」

……沒什麼機會能從同年紀的人身上感受到母性。

我不清楚彩華這種感覺算不算母性，但是無論如何，這都讓我覺得有點心癢。

那是一種內心獲得滿足的感覺。

我是否也能成為填滿彩華內心的存在呢？

就在我開口之前，彩華緩緩站起身來。

我跟著抬起視線，彩華若無其事地說聲：

「好了，開始整理吧。然後再來裝便當。」

「喔、喔。也對。」

感覺她是在妨礙我說下去，不過應該是我多慮吧。

彩華做事的背影看起來跟平常一樣俐落，無法對我的疑問給出答案。

於是我放棄追問，將空盤子推到桌子邊緣。

「謝謝。」

彩華道謝之後，伸手抓住盤子。

用來裝馬鈴薯燉肉的是個比較深的容器。

邊緣的部分帶有圓角，比其他碗盤更容易滑。

……總覺得有不祥的預感。

從事情發生之前，視線漸漸變成慢動作。

人為什麼偏偏在這種時候直覺特別敏銳呢？

而且為什麼在察覺時都為時已晚了呢？

對於彩華來說形狀不太習慣的容器滑了一下，逃離她的手中。

接著又錯過我伸過去想接住的手，精準地朝著桌面——翻了過去。

醬汁瞬間四處飛濺，讓彩華發出「呀啊！」一點也不性感的尖叫。

褐色的醬汁灑落在容器跟桌面之間，並在滴到地毯之前停下。

然而彩華的純白上衣，從肚子到褲子之間都沾上了醬汁。

還滿淒慘的。

「嘿……嘿嘿。」

「…………」

「真的很抱歉。」

就算是彩華也立刻一改先前的態度。

再次確認眼前的狀況，湯汁奇蹟似的只潑到彩華的衣服，沒有滴落地毯的樣子。

「好吧……地毯也沒有弄髒，完全沒問題。而且妳那件衣服恐怕比我的地毯還要貴。妳沒事吧？」

我一邊發問，一邊抽出幾張袖珍包面紙擦桌子。

由於沒有擦到多少醬汁，大多都灑到彩華的純白上衣了吧。

「反正只要送洗應該有辦法解決吧。而且我記得這件也不算太貴……可是如果我隨便移動，感覺醬汁就會滴到地毯上。」

要是立場對調，遇到這個狀況我可能會哭天喊地，不過彩華倒是相當冷靜。

接著「嗯——」沉吟之後開口：

「不好意思，可以給我面紙嗎？我想擦一下衣服。」

畢竟狀態緊急，我立刻照她所說將剩下的面紙全都抽出來給她。這樣應該夠了吧。

「來。」

「謝謝。不過抱歉，可以幫我擦嗎？至少要先把手臂跟手沾到的地方擦乾淨，否則只要一動就會滴下來。」

「好、好啦。」

我不情不願地抓著彩華的手臂，將沾到手上的醬汁擦乾淨。

說不定我本來會因為觸碰到彩華柔軟又有彈性的肢體，因而產生不該有的想法。

然而現在有比那個更加迫切的問題。

「……彩華身上有馬鈴薯燉肉的味道。」

「什、什麼！你、你以為這是可以對女生說的話嗎！」

「話是沒錯，但是我不會對妳有任何隱瞞！而且馬鈴薯燉肉勉強還行吧？」

「這種時候就應該隱瞞，你完全沒有隨機應變的能力！勉強出局了！」

彩華低頭看著自己被醬汁弄髒的衣服，一副不知所措的模樣，接著突然伸手就這麼把衣服脫掉。

彩華想必是認為反正還有一件內搭衣，所以沒問題吧。

何況黑色的內搭衣也不會透出內衣，以瞬間的反應來說或許還算不錯。

問題在於當她慌張脫掉之時一時失手，連內搭衣的下襬也一起捲了起來。

白皙的肌膚連同白色內衣一起露出來，彩華不禁發出「呀啊！」絕望的哀號。

然而彩華的悲劇並沒有就此結束。儘管她掙扎著向前彎腰，想要把衣服拉回來，不過兩件疊在一起拉到頭部的衣襬卻因為勾到而無法回復原樣，緊緊纏在一起。

由於全身重心往下移動的關係，似乎快要跌倒的彩華為了調整姿勢而挺直背脊。可是大概是被衣服遮蔽視線害她失去平衡感，眼看就要往後倒下。

我瞬間遲疑了一下，還是伸手環過背部支撐她的身體。

因此直接觸碰嬌嫩的肌膚及溫暖的體溫——

才剛冒出這樣的念頭，就聽到格外冷靜的聲音。

「……欸。真的很抱歉，但是可以拜託你一件事嗎？」

「……什麼事？」

我的內心產生非常不祥的預感，於是用不帶感情的語氣反問。

「我希望你可以事先理解這真的不是『那個意思』再聽我說。」

「哪個意思啊？」

「約炮。」

「笨……妳在說什麼啊！太直接了吧！」

「吵死了，我現在真的很傷腦筋啊！」

……確實，換作是平常的彩華，這時候應該會說「你是在看哪裡啊」或是「要再多看幾眼嗎？我也會收取相應的代價就是了」之類的話。

現在不但連一句玩笑話都說不出來，語氣當中也能感受到她有多麼走投無路。

「我知道了。我會從容不迫又超冷靜地聽妳說。」

「這樣也很令人火大就是了……不過事到如今就算了。」

彩華像是做好覺悟一般嘆了口氣。

雖然被衣服遮住看不到臉，不過她的脖子都紅了。

我不禁覺得那可能並非出自羞恥心，而是被勒住的關係。

在我腦海中總算浮現擔心這兩個字時，彩華以平靜的語氣說道：

「……可以幫我脫掉嗎？」

「…………妳再說一次？」

我忍不住反問。

連我都覺得這種反應也無可厚非。

正因為我知道彩華不是在開玩笑，才會忍不住反問。

「……你不要再讓我更丟臉了。」

「不，我反而覺得這個提議比較丟臉耶。」

比起身體散發馬鈴薯燉肉的味道，我覺得露出內衣被人看幾秒鐘的門檻遠遠高上許多。

要是閉上眼睛恐怕會碰到各種不該碰的地方，現在這個狀況下我比較希望她能夠自行努力脫困。

大概是猜透我的想法，彩華在衣服裡面發出有點沉悶的聲音。

「如果在這個狀態硬脫，搞不好會弄破啊。」

「明明知道衣服就算送洗也有可能沒辦法完全清理乾淨，有必要這麼堅持嗎？」

「這件是有特別回憶的衣服，只要還有一點可能性我就不想放棄啊！」

聽到這句話，我總算是做好覺悟。

「……好吧。仔細想想，比起泳裝，看到的範圍還比較少。」

而且質料還要厚上許多，就衣物來說機能性應該比較高才對。

我這麼說服自己，然後坐到彩華的正前方。

「對、對啊。你突然改變意見感覺也滿可怕的，不過……嗯，你說得沒錯。」

「對吧？交給我吧，看我一瞬間就搞定。沒問題吧？」

「呃，嗯。交給妳了，事到如今就算稍微碰到我也不會有任何怨言。」

「女、女孩子不要說這種話啦。」

「這種狀況還裝什麼紳士啊！」

「這個狀況並非我造成的好嗎！」

開口抗議的同時，我伸手抓住她的衣服下襬。

總覺得彩華的身體微微抖了一下。

突然可以清楚聽見指針的聲音，看樣子即使是在這種狀況，我還是忍不住感到緊張。

「啊～我有點呼吸困難了。快點……」

「真是的……」

我輕嘆一口氣，下定決心抬起視線。

在盡可能不要看見的狀況下，我將手指伸進捲起來的衣服下襬與彩華的手肘之間。

這時我的手指無論如何都會碰到她的雙峰，但是已經得到本人的許可了。

我把食指伸進去，並用拇指勾起衣服。這時為了撐出一個空間，必須將食指的第二指節碰上胸部。然而這麼做終究都是在幫她脫衣服。

「等等……要伸進那邊嗎？不要害我動來動去的，你從別的地方……！」

「這是不可抗力，只能從這裡脫掉好嗎！難道妳想一輩子維持這個姿勢嗎！」

「唔……但是，嗯！」

隨著我加重力道，食指外側確實傳來一股彈力。

明明只是碰到側邊，但是只要一有動作就會陷入那個柔軟又有彈性的觸感之中。

感覺可以聽見彩華輕微的呼吸聲，但這只是因為她快喘不過氣而已。絕對。

「等、等、等一下……！」

我解開勾住的地方之後，總算掙脫的彩華終於露出臉來。

「噗哈！我還以為要死了！」

我的視線從彩華的胸部向上移到她的臉。

……不知不覺間，目光被她吸引過去。

雖然是不可抗力，但是像剛才那樣看得一清二楚，還是讓我感到罪惡。

彩華的眼睛逐漸瞇細。

放棄掙扎的我於是開口：

「……真的非常對不起。」

明明是在幫她，卻還是忍不住道歉也是情有可原吧。

四周瞬間陷入寂靜。

這時彩華突然噴笑出聲，臉頰也變得有點紅。

「……你也會用這種眼神看我了呢。我有點放心了。」

「咦？這個嘛……我是個男人啊。」

「是啊。你也是個男人……所以我才覺得開心，不過算了。」

彩華輕聲笑了幾下，接著朝我伸手。

既白皙又纖細，肌膚帶有光澤的手臂。

「怎、怎麼了？」

「你在興奮什麼啊，我只是想拿衣服而已。」

「啊……ＯＫ。」

我準備將掛在手上的衣服拿給彩華。

就在這時，彩華低聲開口：

「還是說，你要再摸一次？現在這個狀況還滿好的。你也看得出來吧。」

彩華邊說邊將手擺在胸前。

純白胸罩包覆豐滿的胸部。在稍微冒出汗水的胸部下方，是緊實纖細的腰際。那是女性特有的柔嫩肌膚。

我為了打消邪念，使盡全力不斷捏著自己的大腿。感覺再這樣下去，好像就要捏掉一塊肉了。

「如何？」彩華再次向我確認。

「……要、要是摸了，妳肯定會生氣說些『既然摸了就要請我一頓晚餐嘍』之類的話吧。妳、妳的詭計——」

「我才不會生氣。」

先是說了這麼一句。

彩華揚起微笑再說一次。

「不會生氣。」

……好像真的不會生氣，彷彿可以接受我的手摸過去。

她露出這種柔和的笑容。

「妳、妳不要耍我！」

「看起來像在耍你嗎？」

「像，超像的。而且這件衣服還有馬鈴薯燉肉的味道。」

彩華的眉毛抖動了一下。

然後朝我瞪了過來，一副不開心的模樣說道：

「那就快點把衣服還給我，變態。」

「誰是變態啊！」

就在我如此回應，並且打算要把衣服還給她時。

——喀嚓。

一道聽慣的聲音從屋外傳來。

而且感覺莫名地靠近。

大概是隔壁鄰居——

伴著輕輕的嘎吱聲響，「我家」的大門隨之打開。

我跟彩華嚇了一跳，同時朝著大門看去。

一般來說，不會有除了家人以外的人打開自家大門的經驗。

然而在這個家，確實有個除了家人以外，不會事先打聲招呼就擅自進來的人。

她有著一頭褐髮及一雙大眼睛。

紅潤的雙唇及白皙的肌膚。

身穿帶有白色荷葉邊的衣服，配上鮮豔的——大紅色連帽外套。

小惡魔學妹瞪大雙眼看著我們。

看起來就像眼睛快要掉出來一樣。

「學……學長——！」

怒吼聲響徹這個家。

◇◆

「……妳看到的這一幕，其實是有各種複雜的原因啦。」

見到我舉起雙手，志乃原拚命地吶喊：「不不不！」猛力搖頭。

「彩華學姊可是只、只穿內衣耶！學長自己也是，手上拿的是彩華學姊的衣服吧！」

「這是我的衣服！」

「怎麼可能啊……」

身後傳來彩華感覺傻眼的聲音。

然而好像沒有傳進志乃原的耳裡。

志乃原大步走向彩華，雙手抱胸俯視著她。

「彩華學姊，妳在這裡做什麼？」

「妳覺得看起來像是在做什麼？」

「我覺得像在做那檔事！妳跟學長竟然是這樣的關係嗎？虧我還相信你們之間是健全的關係！」

志乃原張開雙手，大動作地向我們抱怨。

看著志乃原過度誇張的言行，彩華也不再解釋，微微偏著頭說聲：

「……總覺得很像演出來的。」

「唔！」

志乃原的表情很明顯僵住了。

似曾相識。

那是我跟志乃原在聖誕節當天一起外出，享用高級晚餐時的記憶。當時她也是以演戲一般的模樣說著「這頓晚餐也是，我本來是要跟那個男朋友一起享用！」之類的話。

當我回想起那件事，這才總算察覺不對勁的地方。

「志乃原，妳為什麼能夠進來我家？」

「咦？哎呀……那個，我忘記把鑰匙還給學長……」

「……一般來說會一直留著嗎？」

「學、學長。你在生氣嗎？」

看樣子她好像是因為害怕惹我生氣，才減輕了對於這個狀況的驚訝程度。

老實說，我其實一點都不生氣。

把鑰匙交給她之後放著不管的人是我，何況當我因為準備求職的東西而累壞時，她偶爾過來做些家常菜也幫了我很大的忙。

每次過來家裡時都會先通知我一聲所以沒問題，問題出在我只會回她一個ＯＫ的貼圖。

原本應該要求她把鑰匙還我才對。

不過現在最重要的是要如何大事化小。

「我雖然沒有生氣，但是至少按個門鈴吧。這裡可不是妳家喔。」

「這裡是我的地盤啊。而且學長上午通常都還在睡，所以我是出自體貼的好意，不忍心按門鈴把你吵醒！」

「地盤是什麼意思？妳什麼時候變成動物了？」

「是啊，在下是哺乳類，有何貴幹？」

「我不是在說那個好嗎——！」

看來我的作戰出乎意料地沒什麼效果。

就算說是毫無效果都不為過。如此一來只能依賴——

「真由，妳就別再演了。連悠太都看出來了，我怎麼可能看不出來。」

「唔……但是但是，這真的是滿令人衝擊的景象啊……」

感覺好像聽到有人若無其事地說出失禮發言，但是志乃原的氣勢很明顯地就此消退。

看樣子這個學妹完全在彩華的掌控之中。

彩華也滿足地點點頭，最後補上一句：

「光是看到這一幕或許會大受打擊，然而真相不是那樣。」

這句話聽在志乃原耳中好像是多餘的。

就連我也看得出來，她的眼中燃起了名為對抗意識的火焰。

「我確實感受到衝擊，但我不明白是否算是打擊。因為我想要的跟彩華學姊不一樣，並不是覬覦學長的身體！」

「我、我也不是好嗎！」

這時彩華第一次表現出動搖的模樣。

她平常應該可以避開這種找碴的話語，然而對象換作是志乃原，或許解讀的方式也跟著有所不同。

「天曉得。不過現在的我確實因為有人在我的地盤鬧事感到很不開心。」

「說什麼妳的地盤啊，這裡好歹是我家喔！」

「戶長先生請閉嘴！」

「明明是戶長耶！」

志乃原的視線沒有離開彩華身上。

看來形勢好像變成對等了，志乃原充滿氣勢地宣告：

「我，志乃原真由要求與彩華學姊決鬥。妳跟學長做了不知羞恥的事，請跟我一決勝負當作賠罪！」

志乃原雙手扠腰這麼放話。

彩華站起身來，毫不遮掩地皺起眉頭。

竟然這麼明顯地流露負面情感，對我來說還是很罕見的狀態。

「……就算退一百步照妳說的去做，我有向真由賠罪的義務嗎？」

「那麼不為什麼，總之跟我一決勝負！」

畢竟是志乃原，總覺得她會用亂七八糟的方式決勝負。

為了搶先阻止這種事態，於是介入她們的對話。

「喂，既然沒有什麼理由，那就好好相處啊。不要在我家吵架。」

「對啊。我怎麼可能答應妳。還有真由，悠太說得沒錯，妳的聲音太大了。現在雖然是大白天，還是會吵到鄰居喔。」

彩華做出很有道理的回應，但是不知為何，志乃原露出勝券在握的表情。

「這個家的隔音其實滿好的喔。啊～彩華學姊竟然連這一點都不知道啊，看樣子很少過

來學長家吧？」

「那就如你所願！」

「喂！」

看到彩華的態度突然大變，我嚇得不禁往後仰。

由於彩華氣勢洶洶，志乃原也顯得有些退縮，只見她眨眼的次數莫名增加。

「妳應該知道自己要是輸了會怎麼樣吧？」

「……請提供一點提示給我參考。」

「抹殺。」

「這也太沉重！」

就連志乃原也不禁慌了手腳，對我投以求助的眼神。

然而在我做出反應之前，彩華伸手揪住志乃原的下巴。

被迫再次面對彩華的志乃原發出「呀！」的輕聲哀號。

「所以說，要比什麼？」

「就、就比……看誰能拉近跟學長之間的距離！」

彩華眨了眨眼睛。

「意思是從現在的距離開始算起吧？」

「咦？啊，是啊。對，沒錯！」

……她絕對沒有多想就搶先開口了。

當我暗自感到傻眼時，彩華很乾脆地點頭答應。

「算了，好啊。」

「咦！」

「放心吧，我們會儘量別浪費你太多時間。給我跟真由各留半天就好。」

「咦？這樣完全不夠——」

「真由？」

彩華對著志乃原露出滿臉笑容。

志乃原瞬間改變態度，像個紅牛木雕一樣用力點頭。

「這樣的話你應該也沒問題吧？」

「呃……雖說是要拉近距離，這樣是不是有點太過隱私了？」

聽到我的反應，志乃原好像有話想說一般噘起嘴巴。

然而卻被彩華用眼神制止，立刻把話吞了回去。

「即使是同性朋友，你和藤堂的距離就很近吧。真由說的『距離』就是這個意思。」

彩華流利地加以說明，然後朝志乃原看了一眼。

一籌。

「對吧，真由？」

「咦，嗯。沒錯，就是這樣。」

……不知不覺變成由彩華掌控對話的主導權。看來關於推進對話的能力，還是彩華技高

由於如此心想的我完全比不上她們，因此從剛才開始便什麼話都沒說。

而且這也產生了一個問題。

那就是沒人幫我準備拒絕的選項。

「被捲入其中的我這樣講好像不太對，但要是我拒絕，豈不是變成壞人了？」

「對啊。」

「嗯，是啊。還有衣服還我！」

「我總覺得久違地受到很沒道理的對待。」

把衣服還給彩華的我忍不住唸唸有詞。

兩個女生的回應，只有在這個時候才會一致。

既然對方說想跟自己拉近距離，若不是特別有膽識的人真的無法拒絕對方。反正拉近距離是件好事，而且還是合得來的人這麼說，多少還是讓人覺得有點開心。

而且雖然她們擅自談妥了，不過日程上的安排也很完美。

我昨天才說過「頂多只能空出一天」。在將這個口頭承諾發揮到最大限度的狀態下說出「各留半天」的提議，如此一來我就無法以要準備求職所以太忙為理由拒絕她們。

真不愧是彩華，想得如此周全。

難以想像她只是被牽扯進來的。

我們三個人的關係已經很親密了。

彷彿是要證明這一點，彩華穿上黑色的內搭衣之後，跟志乃原借了連帽外套。

「謝謝。那麼真由，下星期準備校慶的集會見了。詳情我們到時候再談。」

「好的，交給我吧。我絕不會公私不分！」

「這件事本來就是妳說想要參加的……不過算了。」

彩華不禁笑了。

接著單手拿起弄髒的上衣並抓住志乃原的手臂，兩個人一起離開。

志乃原走出門之時留下一句：「學長！上次約好的事就利用那天吧！」

我看到彩華瞬間流露出來的表情。

那抹笑容像是已經做好了覺悟。

我傻傻坐在原地一會兒，總算長嘆了一口氣。

——這只是一種預感。

用一決勝負來掩飾的某種東西。

總覺得她們之間的對話似乎是在暗示這一點。

♥第6話　場面話

這天是參加適逢校慶而設立的選美比賽主辦單位的女生集會採買日。
我獨自前往選品店尋找適合自己的服裝時，也想清楚一件事。

——應該差不多了吧。

眼前的貨架陳列著適合的禮服。
但是剛才想的並非關於禮服的事。
而是一直想著這個現況，並在無意間得到一個結論。如此而已。
我蹲在選品店的角落，假裝在挑選禮服。
……最近的我，滿腦子都在想學長。
前陣子有好長一段時間見不到面。自從我們認識之後，還是第一次那麼久沒碰面。
如果是剛認識不久，我應該完全不會把這個狀況放在心上。

但是直到上星期之前，我都感覺在意得不得了，學長的臉不斷在我腦中旋轉浮現。
這是學長這個人在我心中的存在愈來愈強烈的證據。
也是理想與現實分開的證據。
「……學長是笨蛋。」
我忍不住低語，噘起嘴巴。
那段時間的當事人腦中，都在想著我以外的其他事吧。
但我知道他並非心思都被其他女性占據，所以沒有感到特別焦急就是了。
換作是平常，只要看到總是待在他身邊的彩華學姊，說不定就會感受到莫大的焦躁。
不過我看得出彩華學姊也和我一樣，都是因為顧慮而留出空間給他。
所以在與學長保持距離的那段期間，也讓我得到一段可以冷靜思考的時間。
……加以確認這樣的心意究竟是不是錯覺。
會不會跟以前和遊動學長交往時一樣，只是基於「想做點戀人會做的事」這種想法，或者為了與彩華學姊對抗，才會陷入想好好珍惜學長的錯覺。
但是，果然不是這麼回事。
只是跟他在一起，就會不禁產生某種滿足的幸福感。
就算沒有刻意發展成特別的關係，也能覺得幸福的滿足感。

無論我反覆想過多少次，過去都不曾有過讓我的心這麼激昂的經驗。
但與此同時，內心也懷著不能維持這個停滯狀況的糾葛。
……如果只是這個狀態就能感到滿足，那麼維持現狀也可以。
然而要維持幸福是件很困難的事。我已經知道幸福會突然消失。
雖然父母離婚時也是，但不僅是如此。
就連在同好會聯合舉辦的海邊旅行時——我也窺見那個瞬間的一隅。
一件事促成幸福崩塌的契機，也不過只是瑣碎的誤解。
即使只是看在局外人眼中，稍微有點想出言干涉的事情，但是這樣瑣碎的契機一個個累積起來，最終也會在這份感情的某個地方造成裂痕。
而且在我跟學長身邊，多的是那種「瑣碎的契機」。
正因為如此，我才能確信自己跟學長一起共度的時間，不會無限延續下去。
我平常或許頗為樂觀，但是這段人生不至於讓我以為幸福會持續到永遠。
——所以，差不多是時候了。
之前撞見學長跟只穿著內衣的彩華學姊面對面的狀況，也可以說是我得出這個結論的主因之一。

在我眼前的是驚人的羞恥光景。

一開始確實嚇了一大跳，也忍不住驚叫出聲，但是我既不覺得焦急，甚至幾乎沒有產生嫉妒的心情。

豈止如此，我的內心還久違地湧現一股雀躍。

……就是這個。

以這個為契機展開行動吧。

別想著要維持現狀。

只有為了掌握期望的未來而採取行動的人，才能掌握那個未來。

既然存在比現實更美好的未來，那麼我想為那個未來而行動。

得做出覺悟才行。

「——真由？」

「嗯！」

從思緒之中把我拉回現實。

這道凜然的聲音，讓我的視線頓時明朗。

我在不知不覺間走到別的地方，手上還抓著一條印製著風格奇特的地方吉祥物的洗臉巾，讓我不禁眨了幾下眼睛。

朝著聲音傳來的方向看去，只見彩華學姊一臉擔心的樣子蹲在我面前。

「妳還好嗎？貧血？」

「啊……」

這才發現自己讓她擔心了，我趕緊站起身來。

「我沒事！……姆啊——」

結果身體頓時無力，腦袋只能順從重力低下。

……突然站起來真的頭暈了。

彩華學姊用愈發擔心的聲音說聲：「小心，妳先回去吧！我送妳。」並操作手機。

找我加入選美比賽主辦單位的不是別人，正是彩華學姊。

由於知道她打算聯絡一起過來這裡的其他成員，我連忙搖頭。

「我、我真的沒事！而且是彩華學姊約我的，妳至少要留下來吧。話說我真的沒問題，只是在想事情而已，身體狀況好得很。」

雖然我拚命辯解，但是看到彩華學姊瞇起雙眼，立刻察覺自己惹事上身了。

「這樣啊，既然沒事就好。不過即使如此也沒有說要留下來，應該是今天沒什麼興致吧？妳不用在意也沒關係啊。」

「唔呃……被發現了。」

彩華學姊說得沒錯。

雖然是選美比賽的主辦單位，但是說真的我對於挑選禮服實在沒什麼興趣。之所以會一口答應彩華學姊的邀請，是因為我想再次跟她處在同一個圈子。

但是主辦的工作內容還滿無聊的。包括萬聖節派對在內，彩華學姊好像經常參與這樣的活動主辦工作。

我看向禮服開始思考。

這間服裝店有幾件看起來應該滿適合自己的禮服，但那同時也是感覺任誰穿都好看的大眾化設計，因此沒有打動我。

既然有這樣的機會，如果能找到只適合自己的禮服就好了。

比起「也適合我」的禮服，更想挑選「只有我適合」的禮服。

與其讓其他人穿這樣的禮服，我更想由自己好好搭配一番。

這樣的想法對我來說，也跟自己的戀愛觀一樣。

至今為止不只一兩次被人告白：「請跟我交往。」

然而從來沒有人對我說過「非妳不可」這麼直接的話。

長久以來抱持著「戀愛這種東西沒有任何益處」的想法，但是如果有人對我那麼說，這種價值觀說不定也會跟著改變。

……好吧，事到如今想這些也沒什麼用。

因為到了現在，我只想聽一個人對我說出這句話。

希望學長能對我說出「非妳不可」。

到時候我究竟會是怎樣的心情呢？

好想早點知道那個未知的情感。

但是，我也很明白那種情感的難度太高。

因為學長是個即使面對禮奈、面對彩華學姊時，都不會隨波逐流的人。

……真的超乎冷靜，可以說是死腦筋了。以前跟他本人說過：「就是喜歡你這種冷漠的個性喔。」但是沒想到這麼誇張。

「我也趁機開溜好了。」

「咦？」

彩華學姊突然脫口而出的這句話，讓我發出輕呼。

會做出這個反應，跟我的思緒大幅偏離也有關係。

不過更重要的是，我覺得彩華學姊不是會說這種話的人。

「我也跟真由一起離開吧。」

彩華學姊又重複了一次，看來確實不是我聽錯。

彩華學姊身上的薄針織衫隨著動作飄逸，她朝著結帳櫃檯走去。手中拿著印有鮮紅色禮服照片的租借券。雖然不知道那件禮服是放在哪裡，不過完全正中我的喜好。

雖然被彩華學姊搶走確實還滿傷的，反正再找就好。

更重要的是，現在得先提及剛才她說的那件事才行。

我跟在結帳完畢準備走出店家的彩華學姊身後說道：

「彩華學姊。妳說要先離開，這樣沒問題嗎？」

如果學長也在現場，想必會問一樣的事。彩華學姊剛才的發言就是這麼令人意外。

面對我的提問，彩華學姊一邊轉過頭一邊揚起嘴角笑道：

「小事一件。反正今天過來採買這件事又不是我企劃的。而且除了真由，大家好像都已經拿了禮服租借券完成預約，接下來準備開始玩了。想走的話只能趁現在。」

彩華學姊如此說完，將手機靠著耳朵。

然後立刻用開朗的語氣向電話另一頭的對象說明。

今天所有參與選美比賽主辦的女生會聚集在一起，是為了預約租借的禮服。

一開始是由大家各自購買，但隨波逐流之後變成確定參加今天的活動。

不過關於這件事本身我一點也不討厭，昨天甚至有些期待，但是真的參加之後感覺好像又不太開心。沒什麼興趣當然是原因之一，也有可能是因為大家年紀都比我大的關係。

彩華學姊肯定也是察覺到這一點，才會做出先走一步這個選擇吧。

我覺得如果是重逢之後的彩華學姊，應該不會採取這樣的行動。

她會貫徹顧及體面的舉止，回去跟那些人會合才對。

……彩華學姊果然變了。

「怎樣啦，一直盯著我看。」

講完電話的彩華學姊露出有些懷疑的神情。

「嗯～……我只是在想，彩華學姊應該是多虧了學長，才會有所改變吧。」

「……嗯嗯。」

彩華學姊露出像是害羞又像是尷尬的表情望著我。

她好像有話想說，但又沒能明確地加以反駁。看來果真被我說中了。

既然如此，我還有一件事想問她。

正因為發現自己一點一滴加以改變，才會產生這樣的疑問。

「妳覺得學長——悠太學長有改變他人的力量嗎？」

「怎麼突然這麼問……而且這個問題真是困難。」

如此說道的彩華學姊微微偏頭。

雖然是我提出來的問題，但是這個回答讓我有些意外。

彩華學姊實際上就是因為學長而改變，所以我原本以為她會老實認同這一點。

而且她接下來給了一個更加出人意料的答覆。

「因為悠太一個人的言行觸發別人的某個契機……說真的，應該很少有這種事吧。」

「好、好嚴厲！學長都要哭了！」

「要是這樣就哭，那就隨他去吧。」

彩華學姊聳了聳肩繼續說道：

「我之所以會改變，是因為我很重視那傢伙。」

她的語氣顯得十分平淡。

換作是平常，當我聽到彩華學姊像這樣脫口說出對於學長的心意，說不定會想插嘴說點什麼吧。

但是現在更想聽她說下去。

我側耳傾聽。我認為彩華學姊接下來要講的話，也能反映出我的心。

「——有人重視自己。無論是誰，只要達成這個條件，想必都會具備改變他人的力量。

而且我也覺得最重要的不是別人說了什麼，而是誰說了什麼。」

彩華學姊伸展一下身體，抬頭仰望挑高的天花板。

「所以從世間的角度來看，我不覺得現在的悠太是特別的存在。只是他對我來說是個特別的人而已。」

「……這樣啊。」

這個說法讓我深感認同，甚至忘了應該客氣一點。

就算學長跟另一個人說出同樣的話，我也會有不一樣的解讀。

雖然是理所當然的事，一旦透過話語說出口，也讓我重新有了更深的體會。

……彩華學姊總是走在我的前面。

「那麼我之所以深感認同，也是因為這是出自彩華學姊之口的關係吧！畢竟我很尊敬彩華學姊啊！」

我面露笑容，比出V字手勢。

雖然這個回答有點敷衍的感覺，但是我有時確實會以彩華學姊為指標。

儘管過去發生了很多事，我還是很尊敬她。

但也並非完全不會感到心有不甘。

因此為了讓混雜各種情感的內心暢快一點，我才會刻意選用開玩笑的說法。

面對我的這種態度，彩華學姊露出苦笑。

「欸，聽妳這麼說，感覺好像是我說了什麼自以為是的發言吧？」

「咦～才不會。我是在聽了彩華學姊說的話之後經過思考，才會感到認同。又不是單方面全盤接受。」

「這樣啊……很有妳的風格呢。」

什麼是我的風格？

正當我這麼想時，彩華學姊輕拍我的頭。

不同於學長的掌心，從那纖瘦又柔軟的豐潤掌中，傳來像是慈愛的情感。

……現在的彩華學姊確實是看著我。

——從今以後，讓我好好面對志乃原吧。

梅雨季結束時，她在體育館說的那句話並非謊言。

彩華學姊從來不說謊。

所以她剛才說的那些話，也全都是出自真心。

彩華學姊果然是最強的學姊，也是最強的情敵。

「來，這個給妳。」

彩華學姊突然拿著紙袋遞給我。
我眨眨眼睛，總之先收下。
裡面放著她剛才買的租借券。
「咦？這個是……」
「給妳的禮物。我至今為止沒能送妳什麼嘛。」
「……真正的目的是？」
「什麼嘛，竟然學那傢伙講這種話。」
彩華學姊輕笑出聲，然後繼續說下去：
「真正的目的是……真由，妳要不要參加選美比賽？」
「咦！」
「這種鮮紅色的禮服只適合妳穿啊。而且剛好有原本要出場的人臨時取消。」
「等等，由我參加嗎？這個機會的確讓我很開心，但是比起我——」
「無論如何，妳接下來都要陪我喔。」
我眨眨眼睛。
突然間好像就此決定參加選美比賽，確實令我感到衝擊。
但是彩華學姊單獨約我出去玩，帶給我的衝擊更是強烈。

「走吧。我們好像沒有兩個人一起出去玩過呢。」

「現、現在嗎？在各方面來說都很突然耶！」

為了掩飾欣喜的情緒，我試著噘起嘴巴。

要是就這麼坦率表現出高興的模樣，總覺得就像輸了一樣。

彩華學姊踏上下樓的手扶梯，立刻轉頭面對我。

「那是當然。妳以為我會平白取消跟她們出去玩的計畫嗎？既然拒絕了她們，我們也要玩得盡興才行。」

彩華學姊揚起惡作劇般的笑容開口。

一股截然不同於我對學長抱持的熱情從內心深處湧現。

……她不只是好好面對我而已。

——我想跟彩華學姊變成好朋友。

梅雨季結束那時，我在體育館裡說過的話浮現腦中。

……這樣算是成為朋友了嗎？

說不定很快又會跟她吵架。

而且既然我們是情敵，到時候一定會有難以避免的裂痕。

但是，唯有現在──

「……那麼不可以讓大家發現呢。」

「別擔心，要是被大家發現，我會說是妳不講理地把我拖來。」

「竟然把我當棄子嗎！」

我大喊一聲，彩華學姊也輕輕一笑。

……唯有現在，我想好好享受這段時間。

畢竟總算得到國中時的自己殷切盼望的時間。

◇◆

我們就這麼玩到天黑為止。

彩華學姊介紹我去她喜歡的咖啡廳，然後我們又在閑靜的公園裡閒聊。

沒有什麼特別的玩樂，但是令人舒坦的時間就這麼流逝。

吃晚餐的地方是彩華學姊推薦的時尚隱密餐廳。

非常適合作為一天總結，而且想必很適合上傳ＩＧ的菜餚擺滿桌子。

我們甚至忘了拍照，就這麼整整吃了一個小時。

等到我們吃飽時，指針已經過了晚上十點。

總算讓服務生收走我的餐具，看向隔著桌子的對面座位時，彩華學姊也摸著自己的肚皮說道：

「呼，吃得好飽……一開始上菜時我還以為是否搞錯分量，結果還是吃完了呢。」

「彩華學姊，妳這樣會胖喔。吃這麼多會胖喔！」

「妳也是啊。別說這種粗神經的男人才會講的話。」

「嗚嗚……接下來搞不好要切換成連續三天只吃蔬菜的生活。」

我也摸著肚子，仰望天花板深深呼出一口氣。

如果這麼做就能散發一些熱量該有多好，但要是這麼容易，也就不必煩惱了。

肌肉量不如男生的女生，不但容易胖又很難瘦。

我至今為止不知道想過多少次，如果脂肪都能有效率地跑到胸部就好了。

大概也是多虧如此，我的胸部比平均還大就是了。

當我沉浸在這樣的想法之中，視線自然受到某個部位吸引。

「……彩華學姊真的很大呢。」

「咦？」

彩華學姊眨了眨眼。

大概是從我的視線察覺到我想說什麼，只見她以傻眼的模樣微笑開口：

「妳也滿大的啊。應該是男生覺得剛剛好的大小吧？」

「男生不都是愈大愈好嗎？」

「天曉得……妳不要問我啊。」

彩華學姊拄著臉頰，撇開視線。

現在的我能夠看出她在想什麼。

「不知道學長喜歡哪一種呢？」

聽到我這麼說，彩華學姊緊閉雙唇。

臉頰也有點泛紅。

「……誰知道啊。但是他意外地好像會追求身材的勻稱之類，光想就火大。」

「啊～我懂。感覺只要夠大他就會暗自開心，嘴巴還是會說什麼比例最重要呢。」

「沒錯沒錯。」

彩華學姊輕聲笑了。

本人明明不在場，這樣講好像有點過分，但是有個可以聊這種事的對象，就會忍不住暢所欲言。

光是今天就有過好幾次這樣的對話。

「……好吧，我也還不知道他的真心話就是了。」

彩華學姊淺淺一笑，喝了一口冰水。

「還」不知道。

換句話說，在事情結束之前不會知道。

……這時突然想到一件很在意的事。

以前的我絕對不會問這種事，但是現在應該問得出口。

「彩華學姊～」

「嗯？」

彩華學姊朝我瞥了一眼又移開視線。

「話說到底，妳跟學長進展到『哪個階段』了？」

「……什麼！」

我的問題似乎讓她大吃一驚，只見彩華學姊睜大雙眼。

我們沉默對視幾秒鐘。

我不服輸地對望回去，不久之後彩華學姊喝了三口冰水。

纖細的喉嚨咕嚕咕嚕作響，我不禁暗忖她大概是想讓紊亂的心思冷靜下來吧。

「怎麼突然問這個？怎……怎麼可能有什麼進展，我們又沒有在交往。」

「說得也是～」

彩華學姊果然抱有堅定的貞操觀念。

對她來說，八成認為交往之前連接吻都不可能。

至少不用擔心學長跟只穿著內衣的彩華學姊面對面的那件事。

學長對於他人的心思，並沒有遲鈍到誇張的程度。

更何況一個人要是極度遲鈍，也無法建立圓滑的人際關係。想必多少有察覺到我們的心意才對。

之所以沒有具體行動，是因為感到害怕的關係。

學長很滿足於現狀。所以他不斷欺騙自己沒有察覺我們的心意。

雖然不知道他是刻意這麼想，還是無意間產生的念頭，但是感覺這樣比較合理。

……既然如此，我得去改變他的想法才行。

……我有十二分的勝算。

因為海邊旅行的第二天，當我露骨地誘惑他時，學長確實感到很在意。

那個時候絕對有把我當成異性看待。
考慮到趁著那種情感的破綻可能是最快捷徑，比起彩華學姊，對我來說比較有利。
或許將彩華學姊絕對不會做的選擇列入自己的選項，會有不錯的效果。

——當我如此心想時，腦中浮現禮奈的臉。

仙女棒照亮那副滿足的哀戚神情。
對於自己的行動絕不後悔的強悍，以及與之相反落下的淚水。
……禮奈一定是實踐了剛才掠過腦中的那個選項。
畢竟，那兩個人「全都做過了」。
既然交往了一年，這麼想比較合乎情理。
所以對學長來說，最能感受到身為女性一面的對象，肯定是前女友禮奈。
但是禮奈一定——
……一起玩仙女棒的那個晚上，我還沒有辦法確定。
不過我看著海邊旅行結束之後的學長，隨著時間的流逝，那種猜疑漸漸化為確定。
所以，我不能重蹈覆轍。

稍微誘惑他一下或許會有效果，但是我再次認為不能跨越那條線。

如果學長是個會因為性方面的行動而改變想法的人，在我去他家的時候肯定早就犯過一兩次那樣的錯誤。

正因為我相信不會發生那種錯誤，那個家才能成為對我來說可以放心的地方。

我對於學長感到焦急心煩的那一面，同時也是學長的優點。

凡事都是一體兩面。

「那傢伙真的有『那方面』的欲望嗎？」

「有啦。」

聽到她的低語讓我忍不住回答，結果彩華學姊緊緊皺起眉頭。

「怎麼，那傢伙對妳做了什麼嗎？」

「啊、啊哈哈～不管對我做了什麼都是基於雙方同意，所以沒問題。」

「……」

彩華學姊瞇起眼睛。

……不小心說了愛面子的發言。

如果彩華學姊跑去向學長確認真相，我肯定會被當成有毛病的傢伙。

當我心不甘情不願打算否認時，彩華學姊輕嘆一口氣。

「好吧。那傢伙也是男人嘛。」

「……啊，彩華學姊果然——」

「這個話題到此結束。」

「……好的。」

再追問下去，對彼此都沒有好處。

強制結束這個話題也讓我感到放心，喝了一口冰水。

彩華學姊同樣喝了冰水之後，傻眼地說聲：「那傢伙真是……」不過語氣當中沒有譴責的意思。

……在這種小地方，都能讓人切身感受他們對於彼此的信賴有多深厚。

彩華學姊知道我沒見過的學長的另一面。

彩華學姊知道我不曉得的過去。

我——

察覺自己陷入軟弱的想法中，我連忙使勁搖頭。

如果共度的時間可以直接化為助力，戀愛就不會這麼辛苦了。

禮奈也是在校慶結束之後的一個多月就開始跟學長交往。

相反的，彩華學姊跟他共度這麼久的時間也沒有在一起，就代表彩華學姊的魅力——

伴隨這種壞心眼的想法，我朝著彩華學姊看去。

當我正面注視她時，彩華學姊細長的睫毛晃了一下。

「嗯？怎麼了？」

「絕對超有魅力——！」

「哇啊！」

彩華學姊連忙伸手堵住我的嘴，這才回過神來。

幸好店裡剛好播到很有節奏感的背景音樂。

即使隔著牆壁很厚的隔間，這裡依然是餐廳，我老實地說聲：「對不起。」

但是我實在忍不住想要大叫。

畢竟眼前看到這副容貌的一切，全都像是在強調自己剛才的想法大錯特錯。

竟然對於一直待在身邊的彩華學姊沒有萌生戀愛方面的情感，這讓我浮現足以顛覆往後行動原則的懷疑。

「說到頭來，學長到底有沒有打算談戀愛啊！」

面對我自暴自棄的發言，彩華學姊眨了幾下眼睛，撇開視線。

說不定彩華學姊也抱有類似的疑問。

如果他真的不打算談戀愛，那麼現在發動攻勢便沒有意義。

不只如此，我甚至覺得維持現狀，伺機行動好像才是最可行的選擇。

這樣話題又會回到原點。

「……誰知道。」

彩華學姊稍微看向遠方，將冰水一飲而盡。

空杯子裡滑落一顆水珠。

「但是啊，如果在等待的這段期間被別人搶走也很懊悔吧？」

「我覺得就算急躁地破壞現在的關係，也會覺得後悔喔。」

「比起什麼都不做的後悔，做了再後悔比較好吧。」

彩華學姊的語氣，感覺像是僵硬到單純說出腦中浮現的話語而已。

我跟彩華學姊之間的對話逐漸失去色彩。

色彩褪去之後，又被塗上整面黑色。

感覺彩華學姊慢慢隱藏自己的真心。

感覺她漸漸將自己的心封閉起來。

但這也是無可厚非。

國中時那麼期望的這段時光確實很開心，但是像這樣聊到學長的時候，無論如何都必須隱藏自己的真心。

我們都知道對方想追求學長，但之所以沒有明言，還是有著一定的意義。一旦把話挑明，想必就難以避免對立。

學長只有一個。學長只會選擇一個對象。

學長沒有辦法同時與我們交往，萬一辦得到的話也很傷腦筋。

我跟彩華學姊肯定會面臨不同的結局。

話雖如此，我跟彩華學姊也不想破壞彼此的關係。

我們才剛和好，也在彩華學姊的邀請下加入共同的圈子。

競爭只會造成負面影響，往後我也想繼續跟她好好相處。

——她說要「好好相處喔」。

這是禮奈透過那月告訴我的。畢竟是接在「不要客氣喔」之後，我一直以為她所指的對象是學長。

可是，說不定啊——

……禮奈是否看透了我內心的糾葛呢？

移動視線，發現彩華學姊好像正看著遠方陷入沉思。

我們的腦中肯定浮現了同一個人的身影。

現在這段互動並非反映我們的思考，而是讓人鮮明回想起過去的情景。

「妳在想禮奈嗎？」

面對我的提問，彩華學姊沒有回答。

店內的背景音樂暫停，接著又開始播放新的曲子。

一改輕鬆的節奏曲調，變成沉靜的氣氛。

「……禮奈真的很厲害呢。」

「……是啊。」

彩華學姊果然也一樣。

只見她閉上雙眼，又輕嘆一口氣。

……禮奈應該也給彩華學姊留了一些話吧。

雖然不知道內容是否跟她對我說的一樣，我就是莫名地如此相信。

禮奈想必是為了學長——而向學長身邊的我們留下一些東西。

這麼一想，我就忍不住開口：

「彩華學姊。我們剛才不是以後悔為前提嗎？」

聽到我這麼說，彩華學姊只有目光看了過來。

「但是……那天晚上的禮奈看起來一點也不後悔喔。雖然我覺得在短短幾分鐘裡見到她各式各樣的表情，唯獨沒有流露出一絲後悔。」

我不知道自己將這個見解告訴彩華學姊究竟有什麼意義。

但是我莫名認為只有現在才能對她說出這件事。

不知道彩華學姊是否在思索我說的話，她沉默了一陣子之後總算開口：

「……要是害怕後悔而沒有行動，那或許才是最令人後悔的事。即使如此，要是可以這麼簡單踏出一步，就不用這麼辛苦了，真是困難啊。」

彩華學姊說出可以套用在所有人身上的話語，並將喝乾的容器送到嘴邊。

但是她的語氣明顯不同於剛才那樣僵硬。

那種語氣似乎是在說給自己聽。也像在說給我聽。

「如果盡力去做了，是不是就可以不用後悔呢？」

補上這句話之後，彩華學姊不再開口。

彩華學姊想必同樣感到迷惘。

看著禮奈，不禁與自己的身影重疊在一起。

我對她的心情十分感同身受。

我跟彩華學姊都很害怕。

擔心自己會抽到凶籤。

我們抱持必死的覺悟去抽的那個東西，其中確定會有一支凶籤。甚至可能只有凶籤。

看著禮奈的身影，我們不禁感同身受地想像自己的未來。

正因為如此，禮奈才會在背後推我們一把嗎？

……換作是我，絕對做不到這種事。

絕對沒辦法在情敵背後推一把。

「不過，現在說這個也太遲了。」

彩華學姊悄聲開口。

我抬起目光，只見彩華學姊的眼神筆直注視著我。

「太遲了是什麼意思呢？」

「嗯。在那傢伙家裡提出一決勝負的事啊。說真的，那應該是妳的場面話吧？」

「場面話的意思是……？」

「為了跟他交往而縮短距離。那場勝負終究只是妳個人的藉口。」

——被她發現了。

最能縮短距離的人獲勝。

只要有這個正當的藉口，就能做出比日常生活還要深入的行動。

彩華學姊也是瞬間理解我當場靈機一動想到的提議。

就連讓我敷衍過去的餘地都沒有。

彩華學姊的這句話，就是這麼挑中我的心弦。

……她會不會生氣呢？會不會被她討厭？

「真由，妳沒有後悔自己說要一決勝負嗎？」

「……我沒有。」

「這樣啊。我也不後悔答應跟妳一決勝負。」

我抬頭一看。

彩華學姊的身體靠著椅背，露出充滿覺悟的表情。

「很不錯嘛。這想必也會是『最後一次』了。」

最後一次。我知道這句話指的是什麼。只有我跟彩華學姊才能明白。

「我已經想好那一天的計畫。妳也去做不讓自己後悔的事吧。」

「計畫……嗎？不可以告白喔。畢竟我的約會排在彩華學姊之後。」

「啊哈哈，我知道。但是除此之外要做什麼都可以。我們公平競爭吧。」

彩華學姊在我的杯子裡倒水，接著也幫自己倒了一杯。

喝下一口水，滲入體內的水分讓我多少冷靜下來。

除了告白以外做什麼都可以。不過這次還是避免色誘這個做法比較好。

不過每次我去學長家時都會做些家事，因此這個選項感覺也沒什麼效果。

既然如此，我該怎麼更靠近學長才好呢？

我還能給學長什麼嗎？

「那傢伙不會隨便過問別人的過去。」

「咦？」

「但那不代表他對於對方的過去不感興趣。只要說出口，他也會暗自開心，接著拉近距離。這大概就是對妳來說的捷徑吧。」

聽到這句話，我頓時陷入沉思。

……對他訴說自己的過去。

是不是只要告訴他，幸福會在瞬間瓦解就好了呢？

不，要是結果變成我得離開學長身邊，那就完全沒意義了。

我突然有個想法。

如果是對一般朋友這麼說，無法確定事態會怎麼發展，但是我相信學長不會改變。

但是當我冒出這個想法時，也湧上一個疑問。

「妳為什麼要給我意見呢？」

這對彩華學姊來說，究竟可以得到什麼？

我明明是彩華學姊的情敵。

這時，店內播放的背景音樂再次停下。

彩華學姊看向空蕩蕩的杯子，微微地揚起嘴角。

「……因為妳是我重要的學妹啊。」

那是溫柔的微笑。

彩華學姊的笑容，就和學長一模一樣。

第7話　母校，教室

有所改變。

雖然只有一點點，但是確實逐漸變化。

來到約定的那一天，是接近十月中旬的週末。

她們兩人的對決並非立刻安排日程，而是訂出一個不會勉強所有人行程的日子，做得相當徹底。

然而我們約好見面的地方既不是大學附近的車站，也不是熱門約會景點，更不是在哪個人的家中。

挑選的地方是某個有著特別回憶的公車站。

我看著生鏽到變成褐色的站牌，不禁喃喃自語。

「……好久沒來了。」

海拔大約兩百公尺左右的小山。

這個公車站就立在經過整備的彎曲道路旁。

汽車跟卡車頻繁來往，與綠意盎然的景觀成為對比的噪音響徹四周。

這條道路由於連通高速公路，因此有大型卡車頻繁經過，為了讓這種大型車可以安全行駛，車道也設計得更寬一些。

但也因此導致人行道狹窄，若是有兩個成人要錯身時，必定要有一方讓道才能通行。

讓受到車道壓縮的狹窄步道顯得更加擁擠的，就是這個公車站。

距離我們約好的時間還有三分鐘。

發現視線角落出現一道人影，我也緩緩抬起頭來。

熟悉的人影就站在隔著斑馬線的另一邊步道。

在那邊等了一下，待經過的車子都駛離之後，一名女性朝我跑來。

「久等了。」

「喔。」

準時抵達的彩華以有些懷念的模樣瞇起眼睛。

她的心情想必跟我一樣吧。

「那個，該怎麼說呢。約在這裡碰面，就覺得很久不見了。」

「我懂，我們明明經常見面，真是不可思議。」

——這裡是有著我們高中時代回憶的地方。

我們經常約在這個公車站，一起走路到學校上課。

尤其是升上高三之後，更是幾乎每天一起行動。

當時沒有特別約在這個地方碰面，只是默默地在這個公車站會合。

彩華上學時會搭電車到附近，我則是搭公車到這裡再走去學校。

印象中是在這裡會合幾次之後，大致掌握彼此上學的時間，過了一陣子之後就刻意配合那個時間行動。

第一次明確認定在這裡碰面，是在高三秋天時彩華跑到我的座位找我說話。

她說：「你幹嘛不等我啊。」

「已經不能穿制服了。」

「我倒是完全沒問題。」

「我又不是在指外表。」

如此回應之後，我們開始走起山路。

今天的計畫是回去我們就讀的高中。

彩華在身後靜靜笑道：「我知道。」

◇◆

我們從公車站走了二十分鐘，抵達位於山腰的母校。

走到校門前的最後幾分鐘，必須走一段幾百公尺長的斜坡，這真的是一條考驗心臟的通學道路。

就連這種對膝蓋造成負擔的感覺都令人懷念時，我們總算抵達校門口。

走到位於路旁的水泥牆，累得靠牆休息一下。

……眼前的光景真教人懷念。

光是眺望校舍，便莫名覺得體力慢慢恢復。

「其實自從畢業典禮之後，我就沒有再來過這裡。」

「我也是。像這樣一看，高中還是一樣很大。」

「對啊。不像國小那樣看起來覺得變小很多。」

我曾經有長高之後回到國小看看，驚訝發現以前竟然在這麼小的操場舉辦運動會的經驗。不過高中對於現在來說依然記憶猶新，因此沒有太大的差異。

甚至覺得自己以前待過的環境滿不錯的。

儘管學校規模比不上大學，但正因為如此，也具備唯獨高中才有的魅力。

像是社團活動的口號聲，還有管樂社吹奏的樂聲。

透過五官接收的資訊，在在刺激青春的記憶。

這麼說來，以前有個不成文的規定是自動販賣機後面的休息區，是由部分三年級學生占據的場所，不知道現在還有沒有類似這樣的潛規則。

如果有的話感覺有點開心，但也因為那種潛規則跟不上時代而有些擔心。

這種事只能問在校生才知道，不過光是像這樣想著高中的事，心情就覺得滿幸福的。

雖然並非只有開心的回憶，但那確實是一段重要的時光。

「話說回來，真虧我們有辦法到這種地方上課耶。每天早上八點半就要到學校喔？也太了不起了。」

「真的。如果是不久前的你，這個上學時間絕對不可能呢。」

在我身旁同樣靠著牆壁休息的彩華輕輕一笑。

「我高一時甚至是全勤喔。直到現在還是覺得當時的自己真了不起。」

「雖然全勤是理所當然，但是把這當作理所當然才是最厲害的地方。而且我有請過病假，就這點來說真的可以稱讚你一下。」

彩華拋來迂迴的讚賞，朝著校門看去。

我也隨著彩華看往同一個方向，卻連一個學生都沒看到。

大概現在這個時間是比較少人進出的時段吧。

今天是星期日。

會比平日來得空閒也是無可厚非。

不過還是可以聽見操場傳來正在進行社團活動的學生們呼喊口號的聲音，校舍那邊也有管樂社練習演奏的樂聲。

若是只擷取這個星期日的一景，肯定是比大學更加熱鬧的環境。

當我如此思考之時，彩華不知何時看往我們過去上課的校舍。

那是我們從高一到高二都在那裡上課的東校舍。

「……這麼說來，我們高一時也同班，卻完全沒有說過話呢。」

聽到彩華這麼說，我也輕輕點頭。

「對啊。而且仔細想想，三年都同班真的滿厲害的。大概只有彩華了吧。」

「這樣啊。我有三個喔。」

「喔～妳還真多啊。」

「不對，是你忘記了！」

彩華拍了一下我的肩膀。

雖然力道比平常更用力，但是只要當作忘記除了彩華以外兩個人的懲罰，就算不上什麼。而且我也因為這個衝擊回想起來。我的腦袋是上個時代的電視機啊。

「水谷跟樫本吧。不知道他們過得好不好啊。」

這時彩華對著如此說道便感到滿足的我，揭發了有點衝擊的事實。

「很好啊。你沒看ＩＧ嗎？」

「咦，他們有用ＩＧ喔？」

「……」

陷入幾秒鐘的沉默。

彩華的眼神尷尬地游移了一下。

「……沒有。」

「等等，妳就不能更加圓滑地蒙混過去嗎！」

不經意察覺不想知道的事實。我拚命不讓自己的表情散發哀愁的感覺，用力搖頭。

看到我的反應，彩華毫不在乎地笑道：

「啊哈哈，算了，別在意。他們的帳號都是設定不公開啊。帳號好像只有追蹤一些真的很熟的人，你不知道也無可厚非。」

「什、什麼嘛……！那就好。」

「你不覺得我這樣打圓場說得滿好的嗎？」

「不要說出來啊！既然是在打圓場，就要把事實隱瞞到底！」

結果聽她這樣全盤托出，我忍不住抱頭仰天大喊。

儘管跟那兩人的交情沒有特別好，還是想與曾經共度三年的同班同學保持關係。

這樣的想法在冒出來的瞬間便矇矓消散。

「沒關係啦，反正你也忘記他們了，應該沒差吧。」

「我只是忘記跟他們同班三年，還記得時常跟他們聊天喔。只是一年級時我對班上的人都沒什麼印象而已。」

「別在意。」

「妳再好好鼓勵我一下嘛！」

我有些消沉地這麼拜託彩華。

高二時有一半左右的時間，我時不時就會跟他們一起吃午餐。

雖然終究只是在畢業典禮稍微打招呼的關係，真沒想在簡化人際關係的過程中，自己會這麼乾脆地加以割捨。

既然我這個人在他們心中沒有多大存在感那也沒轍，但是像這樣切身體會這個事實時，還是覺得有些受到打擊。

大概是看到情緒明顯低落的我而產生同情，彩華總算露出溫柔的笑容。

「打起精神來吧。你還有我啊。」

「……喔。」

沒想到能聽她說出這麼令人開心的話，害我不禁發出奇怪的聲音。

彩華重新面對我繼續說道：

「我在高中畢業之後還會頻繁見面的同學，也只有你而已喔。我們就算沒有特別約定也會見面吧。既然能結交到一個這種朋友，你的高中生活也是玫瑰色的喔。」

「妳還真有自信啊。」

「這並不算是自信。」

「不然是什麼？」

背靠水泥牆的我如此問道。

彩華沉默了一陣子之後開口：

「……因為我是這麼想的。所以你要是不這麼想，我會很傷腦筋。」

聽到這麼直接的發言讓我頓時詞窮，只能閉上嘴巴。

彩華的嘴角微微上揚之後，伸手勾住隨風飛揚的頭髮，以俐落的動作撥到耳後。以前參加社團活動在操場跑步之後，彩華偶爾會拿毛巾給我。

當時我也好幾次看到她做出這樣的動作。

她撥弄頭髮的身影與高中時代重疊在一起，總覺得很懷念。

跟當時不同的地方，大概是現在彩華的臉頰染上一點緋紅吧。

「……這樣很難為情啊。」

「還不是你讓我說的。」

彩華露出賭氣的表情，站直身子不再靠著水泥牆。

我對朝著校門走去的彩華說聲：「對不起嘛。」並且跟在她身後。

……說得也是。

我跟彩華的交情是一輩子的。

可以認識彩華真是太好了。可以跟她變成這樣的關係真的太好了。

如果是這種可以讓人感覺奢侈的道歉，要我說幾次都沒問題。

大概是懷念的母校近在眼前的影響，讓我想坦率地向她道謝。

「欸，彩華。一直以來真的很謝謝妳。」

「沒必要道謝啊。是我自願跟你在一起的。」

「……也是。我也一樣。是自願跟妳在一起。」

彩華突然停下腳步。

她把手放在校門上，隔著柵欄縫隙看往校舍。

「怎麼了？」

「……你再說一次。剛才因為風的關係沒聽清楚。」

「啊？剛才有風嗎？」

「總之你快說啦！」

彩華重新面對我，氣勢洶洶地這麼說。我在她的逼迫之下，儘管搞不清楚狀況，還是重複了一次。

「我是自願跟妳在一起！」

陷入沉默的彩華只是望著我。

說不定在彩華的腦中，也浮現了過去的情景。

就連一起行動都很困難的高二秋天。直到度過那個時期，我們才急速拉近距離。

「……呵呵。我也是。」

接著她露出滿臉笑容。

——我最近有種感覺。

現在的我跟彩華的距離，確實比那個時候更加靠近。

有時候我會想看看未來的我們是怎樣的關係，有時候又覺得維持現狀最好，我自己的心情也是反反覆覆的。

不過，唯有一件事能夠肯定。

我始終都想待在彩華身邊。

為此，我——

「那麼我們進去吧。」

「咦？進去哪裡？」

「你在發什麼呆啊，當然是進去學校裡面啊。」

如此說道的彩華就這麼朝著校舍走去。

總覺得回過頭來的彩華，嘴角似乎掛著微笑。

那溫柔的笑容與過去相比，帶著有點不一樣的熱意。

至於我說不定也是和她一樣。

我追著彩華的背影跟了上去，與她並肩同行。

瞥了一眼她的側臉，只見銀色耳環反射耀眼的光輝。

校舍裡一點也沒變。

彩華好像有事先跟校方取得同意。

鞋櫃角落放了幾雙給訪客用的拖鞋，我們就在那裡換了鞋子。

高中的走廊禁止穿著鞋子踏上去。

過去都是從鞋櫃裡拿出帶有紅色線條，別具特色的室內鞋換上之後再前往教室。

現在的我們不是穿室內鞋，而是深綠色拖鞋。

這雙拖鞋在在傳達出我們並非在校生的事實。

高中生時總覺得拖鞋那種「啪躂啪躂」的腳步聲很特別所以滿喜歡的，現在聽起來覺得有些寂寥。

「真虧妳能取得同意。謝了。」

我提起這件事向她道謝之後，彩華若無其事地聳肩。

「只要學校還有記得自己的老師，輕輕鬆鬆就能辦到。長瀨老師還在這邊教書，所以很快就解決了。而且他今天好像也在學校。」

「真的假的，長瀨在啊！天啊，真期待可以見到他。」

「加個『老師』啊。我們可要展現身為大學生的一面才行。」

「哈哈哈，抱歉，不小心變回高中時的感覺。不過見到他會乖乖叫老師的，沒差吧。」

正當我如此回應時，教職員室前面的休息區就傳來一道聲音。

「你在叫誰長瀨啊～？」

一聽見這個令人懷念的沙啞嗓音，我立刻朝那裡看去。

眼前是有著一頭亂糟糟的白髮，年紀大概六十歲的男性。

高二那年的班導長瀨老師露出和藹的表情朝我們走來。

睽違數年沒看到那很有特色的法令紋，我也知道自己的嘴角下意識揚起笑容。

「哇啊，老師！真的好久不見！」

看到我舉起手來，長瀨老師便發出熟悉的笑聲。

「羽瀨川，你還是一樣跟美濃這麼要好啊。能夠進同一所大學真是太好了。」

「我們很要好！雖然是勉強考進這所大學，不過都是多虧有老師的指導！」

我一邊這麼回應，一邊看了身旁一眼。

彩華看著長瀨老師，臉上也露出開心的笑容。

若非這個機會，平常很難看到彩華光是見到一個人就流露出打從心底感到開心的表情。

長瀨老師也帶著有如父親的溫暖眼神看向彩華。

「美濃也長大很多呢。快要準備就職了嗎？」

「老師，好久不見。現在是大三，我打算明年取得錄取通知。到時候的這個時間可能在進行畢業旅行吧。」

「這樣啊，既然是美濃，擔心妳也未免太不識趣了。不但以第二名的成績考上大學，到了關鍵時刻也很有膽識。」

「我之前有機會向老師展現膽識嗎？」

彩華做出感到意外的反應，同時覺得有些難為情。

大概是抱持著與受到同世代的人稱讚時不一樣的情感吧。

「啐，妳果然是受到特別待遇。」

我以捉弄她的語氣插嘴，長瀨老師便對著我竊笑說道：

「羽瀨川的膽識也毫不遜色喔。現在會為了保護女生而被罰禁閉的人很罕見了。畢竟在那之後，我們學校還沒有人被罰過禁閉呢。」

「唔……！」

長瀨老師是當時的班導，肯定清楚記得那一天的事。

只有一天的禁閉。不過那一天的禁閉，似乎讓我這個不名譽的紀錄保持了四年以上。

「太不名譽了……」

「你這是什麼意思，既然是保護我，應該很光榮吧？」

「自己好意思這麼說我也真是服了！」

長瀨老師見狀發出爽朗的笑聲，突然像是想起什麼眨了眨眼。

「這麼說來，榊下剛才也來了。」

「……咦！」

我忍不住發出驚呼。

一點也不開心。到底有多小的機率才會同一天回母校啊。

「他好像要自創品牌的樣子。跑來拜託我向在校生宣傳一下。」

「自創品牌？」

彩華驚訝地睜大雙眼。

至於我也是同樣的反應。

同年紀的人竟然創立自己的品牌，行動力也太驚人了。

長瀨老師從口袋裡取出一個皮革製品，拿到我們眼前。

「就是這個真皮卡夾。現在還是只能透過網路訂購，不過他說最近想要利用社群平台拓展到全國。」

「喔……」

說真的，我的心情很複雜。

就同年紀的人來說，我很尊敬已經在社會上活躍的對象。
尤其是對我來說，身邊至今沒有任何同年紀的人成立自創品牌。
如果是普通朋友，我會很期待看看對方現在變成一個怎麼樣的人。
然而榊下是傷害過彩華的人。這也是我無法立刻接受這項事實的主因。
人愈好就愈容易受騙，就這層意義來說，榊下往後說不定會很成功。
但我還是覺得——
「榊下變得很了不起呢。」
「咦？」
我忍不住朝著彩華看去。
彩華接過長瀨老師手中的卡夾，在燈光的照射下仔細地觀察起來。
……難道彩華沒有任何想法嗎？
不可能沒有。
長瀨老師並不知道榊下是怎麼對待彩華的。
畢竟當時榊下主動表示「是我不對」替我說話，我想老師應該有察覺當中或許存在著某些緣故。
而且到了高三時，老師也曾若無其事地向我問過關於關禁閉的那件事。

長瀨老師搔了搔法令紋，揚起嘴角。

「你們之間有過一些過節吧，但是大家都變得相當出色，真是太好了。」

……請不要講這種不負責任的話。

我雖然喜歡長瀨老師，但是實在不太認同他說的這句話。

「美濃跟羽瀨川都是在校生的榜樣。當你們找到自己的道路時，再來見老師吧。」

「到時候老師還在學校教書再說嘍。」

彩華用惡作劇的語氣如此回應。

「說得也是。總覺得明年會被派到哪個靠海的學校啊。」

聽到這個好像真的很擔心的回答，彩華也露出潔白的牙齒笑了。

「那麼我去劍道社露個臉。你們自己到處參觀吧。」

「好的。老師，請不要太勉強學生喔。」

「我知道我知道。最近的家長都很嚴格嘛。」

揮了揮肌肉結實的手臂，長瀨老師一步步走下樓梯。

彩華以溫和的表情目送老師，直到看不見他的背影為止。

「……老師都沒變呢。我很喜歡他那過於傳統的地方。」

「是啊。不過——」

——關於榊下的發言，讓人有點不太能接受。

正當我想這麼說時，樓梯間出現一道人影。

瞬間以為是長瀨老師忘了什麼東西。

然而並非長瀨老師折返回來。

那個人既不是老師，甚至不是在校生。

在宛如受到他人指示的時機現身的，是跟我還有彩華同年紀的人。

也是剛才出現在話題中的人物。

——榊下。

◇◆

「……唔喔。你們兩個，好久不見。」

榊下應該也沒料到我們今天會回母校吧。

他那頂著黑髮蘑菇頭，戴著耳環的打扮，雖然心有不甘，但是確實挺有模有樣的。

我跟彩華是畢業典禮之後第一次回來，竟然碰巧跟過去的同學同一天回來，簡直就像奇蹟一樣。

然而這是無限接近負面的奇蹟。

我從高一開始就跟榊下滿要好的，他總是班上的中心人物。剛升上高二時，我可說是因為隸屬於榊下的小團體，才得以在班上有發言權的附屬品。

現在回想起來，依靠某個人的恩惠才有發言權這種事也太無聊了。

然而在那間教室裡，就是瀰漫著把這點視為真理的氣氛。

那一定是因為身處封閉環境才會發生的事，因此就算出了社會，同樣的事情肯定也是層出不窮。

自從我揍了榊下之後，就再也沒跟他說過話了。

因為當時是任憑不顧自己會面臨什麼後果的滿腔怒火，促使自己採取行動，就算因此遭受排擠也在所不惜。

被彩華甩了就陷害她加以洩憤，甚至還擬定了想讓她藉此倚賴自己的卑劣計畫。當榊下道出這種行徑的瞬間，我便出手揍人並把事情鬧大，隨後就被懲處禁閉。

我一點也不後悔揍了他。

忍不住皺起眉頭望著榊下。

直到現在偶爾還會夢到。

夢見彩華逐漸被人孤立的身影。

還有什麼都做不到，只能旁觀的自己。

背地裡被人講得愈來愈難聽。還有覺得接下來狀況可能變得更糟糕的焦躁感。

見到醞釀那股討厭氣氛的元凶站在眼前，心情絕對稱不上舒坦。

我立刻撇開視線，很想就此離開這個地方。

但是彩華使勁抓住我的手臂，很乾脆地回應榊下：

「好久不見了。你過得好嗎？」

「啊啊，還行。美濃，妳看起來挺好的。」

「嗯。聽說你要自創品牌嗎？我們剛剛才聽長瀨老師說到這件事。」

彩華的語氣一直很開朗。

換作是我，有辦法這樣流暢地跟他對話嗎？

……絕對辦不到吧。

平常的我會儘量控制自己的態度，避免搞壞現場的氣氛。

但是現在……

瞥了這樣的我一眼，榊下簡短回應：「對啊。」

「嗯……？」

是我誤會了嗎？

他的語氣好像很不痛快，覺得話中帶有不太想告訴其他人的內容。

……這麼說來，榊下好像是來拜託長瀨老師向在校生宣傳自己的品牌。

然而仔細想想，皮革製品之類的東西，不太符合高中生的消費能力吧。

既然要成立品牌，對於鎖定客層這方面的見解應該比我還要清楚才是。

如果不得不來到這個地方，就是榊下浮現苦澀表情的原因——

彩華也敏銳察覺這一點，並且開口：

「才剛起步而已，接下來業績會愈做愈好的。加油。」

「……是啊。妳還是一樣敏銳耶。」

「對啊。榊下也沒變，一樣是自尊心超高的感覺。」

「哈哈，說得真直接。但是我並不否認。」

榊下搔了搔頭，從彩華身上移開視線。

然後朝我看了過來。

我們對上視線，過去的情景也浮現腦中。

高中時的他很有迫力，即使是想出言反駁，一旦面對面就會令人不禁退縮。

他不會使用暴力，而是從說話的分量散發無言的壓力。

對於只能敏銳察覺負面情感的我來說，當時雖然是朋友，卻從來沒有對他敞開心胸。

要不是任憑怒火驅使自己，甚至無法反抗他的迫力，這點深深烙印在我腦中。

但是現在的榊下身上感受不到那種壓力。

「……再聊下去對你也不太好意思吧。」

「不好意思？」

我眨了眨眼。

與其說是生氣，更加感到困惑。

因為在我的印象中，榊下是個更自我中心的人。

竟然會因為對誰感到「不好意思」而想離開現場，真教人意外。

「你們應該在交往吧？」

面對榊下的問題，彩華不禁別過頭去。

「我……我們沒有在交往。只是高中時的往來一直延續至今。」

大概是覺得這個回答出乎意料吧，只見他睜大雙眼。

「啥……真假！竟、竟然有這種事……好吧，每個人都不一樣。抱歉。」

看他連忙修正自己發言的樣子，讓我感到有些費解。

彩華似乎也有同樣的想法，於是說了出口：

「我還是收回前言吧。榊下，你有點變了。」

「……在妳看來是這樣嗎？」

他的語氣很平靜。

在這麼一句簡短的話語裡，凝結了各式各樣的想法。

在這當中，占據最大比例的想必是——

察覺到這點，我暗自嘆了一口氣。

……看來時間的流逝，就是這麼一回事啊。

在我如此心想的瞬間，榊下似乎下定決心抬起頭來。

「……那個時候，就是……真的很抱歉。我做了非常難堪的事，也真的很後悔。」

從他的表情能夠立刻看出這個悔恨之情發自內心。

這麼久沒見面卻馬上開口道歉，說不定是因為直到現在也不時回想起那一天的事。

彷彿看透我的思緒，榊下繼續說道：

「直到現在我還會夢到當時的事。太過以自己的欲求為優先，結果把事情弄得一蹋糊塗的那段日子。」

榊下說的是真心話。

他真心反省，也確實感到後悔。

……但是那又怎樣。

「你還好意思——」

正當我想要反駁他時，彩華使勁踩了我的腳。

拖鞋幾乎沒有什麼防禦力，體重直接壓了上來。

「好痛——！妳在幹什麼！」

「你插什麼嘴啊。榊下是在跟我說話喔。」

受害者確實是彩華，我要是搶先一步插嘴或許做得太過火了。

不過彩華自己也是，如果我們的立場對調，她肯定會做出跟我一樣的行動。

不過到時候我沒辦法像這樣制止彩華就是了。

「榊下。當時我確實被你害得很慘。但是我已經不生氣了。畢竟經過四年了。」

……我就知道她會這麼說。

我早就知道她會毫不遲疑地原諒他。

所以我才會想在那之前，把當時沒說出口的話一吐為快。

然而自我中心的想法瞬間就被彩華看穿，並且被她阻止。

榊下好像對她立刻原諒自己感到難以置信的樣子，露出有些困惑的神情。

「就……就算妳不生氣，也不要這麼快原諒我啊。當時的我絕對不能被原諒吧。」

「啥啊？誰理你啊。要什麼時候原諒你是我的自由吧。」

彩華第一次發出不高興的聲音。

……明明還有其他更該表達不悅的時候吧。

但是我覺得這樣的確很像彩華的應對方式。

「……也是。美濃就是這樣呢。」

榊下以苦澀的語氣如此說道，接著朝我看了過來。

他的臉龐還是一樣端整，顏值跟藤堂有得比。

配戴飾品讓他看起來格外醒目，於是那副沉重的表情顯得更加突兀。

「羽瀨川。謝謝你那個時候阻止我。」

「我不是為了你才那麼做。」

「……說得也是。我就連這時候都是以自己為優先啊。」

榊下露出有些自嘲的笑容，咬著嘴唇。

教職員室前方的走廊再次恢復寂靜。

然而與先前的沉默相比，氣氛多少緩和了一些。

這想必是身為被害人的彩華已經原諒他的關係吧。有權平息這個場合的人，並不是我而是彩華。

「欸，榊下。你其實沒必要道歉喔。」

「咦？」

「因為要是悠太沒有保護我，你只會被搞得更慘。」

彩華輕輕搖晃手機，揚起嘴角。

我不知道她想做什麼，但是不知為何背脊突然打起冷顫。

「……榊下。我想這應該不是在開玩笑。」

「……我也這麼覺得。搞不好當時只差一步就會面臨社會性抹殺了。」

「什麼嘛，把人講得好像怪物一樣！」

我對噘起嘴巴的彩華補上一句：

「差不多吧。」

「完全不一樣！」

彩華生著悶氣抗議。

榊下有點客氣地笑了。

如果是剛才的我，肯定會對榊下的笑感到煩躁吧。

但是如今的我也忍不住跟著笑了。

……這樣啊。

看來我跟榊下之間並非只有不好的回憶。

我們曾經屬於同一個小團體，每天聊個不停。

確實有過一段單純感到開心的時光。

我完全忘記當初一起在中庭吃午餐時的氣氛了。

雖然最後結束的方式糟糕透頂，但並不代表相處過的所有時光都會消失。

彩華是否一直記得這段關係呢？

然後幫助我跟榊下回想起來嗎？

仔細想想，就算我提起榊下的名字，彩華也沒有明確抱怨過什麼。

說不定從那個時候開始，彩華就一直期盼這樣的機會。

「要是一臉陰沉的樣子，能賣掉的東西也會賣不出去。榊下還是笑起來比較帥啊！」

彩華在胸前握緊拳頭開口。

聽到這個感覺有如重回高中時代講求有毅力最重要的建議，我面帶苦笑說道：

「……這跟賣的人是不是帥哥有關係嗎？」

「有關係啊。店員長得很可愛的話，你們也會掏腰包吧？」

「我現在還是只有在網路販售就是了。」

聽到彩華的回答，榊下立刻這麼吐槽。

重新回到聚集在中庭那時的氣氛。

這就是過往日常的感受。

當我們三人沉浸在這個氛圍裡時，教職員室的門輕輕拉開。

一名不認識的老師探頭看著我們。

「……是誰啊？你們記得嗎？」

彩華悄聲發問，我跟榊下連忙回覆：「不認識。」

不認識的老師看到彩華面帶笑容低頭致意，於是默默回到教職員室。

……對方雖然沒有多說什麼，但是我們了然於心。

「畢竟是教職員室前面的走廊，好像不要待太久比較好。要換個地方嗎？」

彩華看向窗外提議。

但是榊下搖頭回應。

「不，我就算了。我要回去了。」

「這樣啊。」

大概是知道他會這麼回答，彩華很乾脆地點點頭。

「榊下。你要注意別再有那種討拍模式喔。」

「不會啦，抱歉。真的很對不起。」

榊下在距離我們一步之外的地方低頭致意。

「誠意不夠！」

「是！」

彩華帶著笑意如此喝斥，榊下的頭又更低了。

懷念的情緒一口氣湧上心頭。

好不容易。我總算能夠覺得懷念了。

從抬頭的榊下表情看來，給人一種依附在身上的東西就此離開的感覺。

最後微微揚起嘴角，轉身朝著剛才上來的樓梯方向走去。

我們沉默看著他的背影時，榊下很快又停住腳步。

他做出稍微有點猶豫的舉動之後，緩緩轉身面對我們。

「……你們兩個，再見。聽到我這麼說或許有點複雜，好好相處吧。」

那個剎那——

真的只有轉瞬之間，榊下的身影跟他穿著制服的樣子重疊在一起。

雖然一眨眼便回到現實，不過這是我今天最鮮明想起高中時代的瞬間。

我和彩華在榊下離開的走廊上站了一會兒。

我終於悄聲說出真心話：

「……妳的度量真大啊。」

「哈哈，什麼嘛。」

彩華平靜地笑了，轉身看向貼在教職員室前方布告欄的紙張。

上頭沒有令人特別感興趣的內容。她大概只是在整理自己的思緒。

「……我並不是特別大量。只是覺得必須既往不咎。」

「為什麼需要這樣做啊……好吧，我也不會反對就是。」

如果只有我碰到這場重逢，想必不會選擇和平了結這件事吧。

正確來說，也許是沒辦法做出這個選擇。

彩華的視線從布告欄移開，抬頭看著我。

「……只要有好的結果就沒問題了吧？我知道你一直放不下高二那件事。」

「那是因為——」

「你在之前的旅行曾經說過『我還沒原諒榊下』這種話。你為了我這麼生氣，我當然很開心……但是比起一直感到忿忿不平，類似今天這樣的結局對彼此來說都比較舒暢吧。」

聽到彩華說得若無其事，我不禁聳了聳肩。

「……我真的贏不了彩華耶。」

「不見得吧。榊下那件事，對我來說也是跟你建立現在這個關係的契機。更何況我對他也並非完全抱持負面的情感。」

要是沒有榊下，我們可能就不會有今天這樣的關係。

……我能跟彩華打從心底相互信賴，也可以說是因為共度當時那個孤立無援的狀況。

再怎麼樣也不會說多虧了榊下。

也不想說幸好有發生過那些事。

但是或許可以抱持除了憎恨以外的情感。

畢竟不是別人，而是彩華自己都這樣說了。她直接開口對我說了。

「那麼我去教職員室借個鑰匙。」

彩華再次露出笑容。

「哪裡的鑰匙？」

「不告訴你。」

大概是遇見榊下造成的影響吧。

看到那個笑容，我更能夠想起高二當時的回憶。

◇◆

從教職員室借了鑰匙的我們，走樓梯來到三樓。
朝著三樓的通道走去時，一道深沉的清香挑動鼻腔。
這是茶的味道。
「是茶道社啊。社辦竟然設在這種地方。」
我們鮮少有機會來到北校舍的三樓。
本來就很少經過茶道社的社辦，更從未見過社辦的內部，讓我不禁想要一探究竟。
彩華敏銳地對著我出聲訓誡：「不行喔。」
「也是啦～」
不過社辦的門微微敞開，我經過的時候瞄了一下。
如果不是我的錯覺，鋪著榻榻米的社辦裡有六名看似社員的學生。我以為這個社團只會有兩三個人，因此感到有些意外。
畢業之後過了三年。
事到如今才看到茶道社進行社團活動的樣子，如果在學期間多對其他社團抱持興趣就好了。不只是茶道社，我對各式各樣的社團都抱持興趣，也想和形形色色的學生相處。

不過時間要是真的回到高中時代，也不知道自己究竟會不會積極拓展交友圈。

「茶道社之類的感覺也不錯耶。」

彩華低聲說道。

總覺得多少可以理解她的想法。

當時彩華對志乃原抱持罪惡感，因此離開了籃球。

處在那樣的心境下，想要加入其他運動社團或許有點困難。不過如果像是茶道社這種遠離籃球的社團活動，說不定可以讓當時的自己由衷地樂在其中——彩華應該是這麼想吧。

「真想看看彩華加入文化類型的社團呢。」

我說出這句不會太過深入的回答。

「你有看到茶道社的社員嗎？大家都不是穿制服。」

「妳自己還不是偷看了。」

「沒辦法啊，視線自然而然被女高中生吸引過去。」

「這稱不上是藉口吧……」

平常的互動應該是立場對調，看來母校的女高中生威力就是這麼驚人吧。

我一邊向前走，一邊緩緩開口：

「好吧，我滿想看看彩華加入茶道社的樣子。感覺妳很適合穿和服。」

「你在說什麼啊。溫泉旅行的時候有看過吧，難道你忘了嗎？忘記就殺了你。」

「說錯一次話的代價也太恐怖了！而且我才沒有忘記，我只是想像了一下款式更加低調的和服啊！」

「哼，天曉得。」

彩華先是瞪了我一眼，轉頭向前看去。

我們走在北校舍連接東校舍的通道。

來到可以隔著窗戶看見我們經常過來吃午餐的中庭之處，暫且停下腳步。

直到高二夏天為止，我們經常坐在那張現在看來有些寂寥的長椅談笑風生。

「這麼說來，我們高中也有弓道社，好像滿厲害的。」

「對啊。我們學校的文化類型社團也挺興盛的。」

「弓道社算是運動類型吧？」

「啊，對耶。比賽有沒有射中靶子之類的？」

「對對對。跟射箭相比好像差在這裡。」

——幾個月前也聊過類似的對話呢。

當時我去女子大學，由禮奈帶領我參觀。

現在的我則是走在過去就讀的母校。

……就讀這所高中時，甚至還不認識志乃原與禮奈。

這麼一想，就覺得有些不可思議。

不同於剛才聊到有沒有追蹤ＩＧ的關係。是那種不會忘懷的關係。對方也會惦記著我的關係。

此時深深刻印在內心深處的人們。

還在這裡念書時，我甚至還不認識那些人啊。

但是……

「怎樣啦？」

我唯獨知道此時站在身邊的這個人。

我唯獨認識語氣雖然有點隨便，但是眼中一直閃耀溫柔光輝的這個人。

一般來說不用會「兒時玩伴」、「孽緣」之類的說法形容高中才認識的對象。

但是我們確實建立起摯友這種特殊關係。

這個瞬間，中庭的草地傳來颯颯的聲響。

隔著窗戶都能聽見。

——如果想結交純粹的摯友，同性的對象不是比較適合嗎？

既然對此找不出答案，至少我對彩華——

「……沒事。」

「看到著迷了？」

「差不多吧。」

「是……是喔。你真奇怪。」

彩華曾經對我說過：「多虧有你才有現在的自己。」

對我來說也是一樣。

我們認識至今，個性並沒有什麼劇烈的變化。

但是肯定明確存在有所改變的一面。

認識彩華之後，我究竟有哪裡不一樣了？

……這種自我分析，如果可以立刻得到答案就不用這麼辛苦了。

我暫且轉換心情，刻意問出早已心知肚明的事。

「話說妳借的是哪裡的鑰匙？」

「我們第一次對話的地方。」

「嗯……我想也是。」

我們抵達一間掛著空白班牌的教室。

眼前這間教室，是我跟彩華一起度過高二的地方。

「走到通道那邊時實在太懷念，我都快哭了。」

「啊哈哈，這邊真的幾乎沒變呢。要是有在校生在場，應該會覺得截然不同，但是今天真的很像穿越時空。」

除了過去曾是二班這點，外觀看起來完全沒變。

喀嚓一聲，開鎖的聲音響起。

比公寓還要沉重的開鎖聲也跟過去一模一樣。還有開門時「嘎啦嘎啦」的聲音也是。

只有眼前看見的光景稍微有點不同。

桌子的數量只剩下記憶中的一半左右，也看不見原本掛在桌子旁邊的小袋子。

空氣中沒有板擦獨特的氣味，但是好像有些塵埃味。

唯一不變的只有隔著黃色窗簾照進來的陽光色彩。

即使如此，自己曾經用過的桌子，說不定也混在那些胡亂堆起的桌子裡。如此心想的我踏入教室。

記得以前有用簽字筆在桌腳的地方塗鴉，應該馬上就能看得出來。

我懷著雀躍的心情伸手打算尋找之時——最後還是決定放棄。

被一名素未謀面的學長這樣亂摸，換作是我應該會覺得滿不舒服的。

畢竟我已經不是在校生。

正當我在思考這些事時，彩華靜靜說道：

「這裡現在好像沒在使用。」

「啊，是嗎？」

見我眨眼的反應，彩華也露出微笑。

「那是當然。還有人使用的話，就算是畢業生也不能進來吧。」

「……仔細想想，確實如此。」

肯定是認識的老師相信彩華才會出借鑰匙，但是不管怎麼說，這方面的界線還是劃分得很清楚的樣子。

「總覺得有點寂寞呢。」

「咦？」

「這間教室竟然已經沒人使用了。學生人數好像有所增加，但是規模較小的東校舍因此變成閒置狀態。不過可以理解想讓學生們集中在其他校舍的想法。」

以少子化的這個時代來說，能夠擴編真是厲害。

如果交通再方便一點，有更多學生就讀這所學校也不奇怪。

正因為如此，對彩華來說應該有些出乎意料吧。

不過換個角度思考。

「我倒是覺得滿開心的。感覺好像自己的味道還留在這裡。」
跟學生集中的校舍相比，人煙稀少的東校舍。
但也因此讓人能夠明顯感受到自己留下來的痕跡。
「這是去年的事，在那之前還是一群不認識的學生使用這間教室喔。」
「……」
看著馬上遭到反駁而賭氣地保持沉默的我，彩華搖晃肩膀笑了起來。
我有點鬧彆扭，於是觀察起直到去年還有人使用的桌子。
畢竟還是隔了一段時間，桌上多少都有一點灰塵。
伸手輕輕一滑就沾上許多灰塵，讓我不禁皺起眉頭。
「你在做什麼啊？」
「哎呀，不覺得這時候就是會想摸一下嗎？雖然在摸的瞬間就後悔了。」
「不好意思，我完全無法體會你的心情。」
彩華很乾脆地加以否定，來到我的身旁。
這讓飄散塵埃味的教室裡，帶來微微的甜美香氣。
……不同於高中時代，像在表示長大成人的淡淡香水味。
當我如此心想時，視線一隅瞥見懷念的東西。

放在後門旁邊，收納掃除用具的鐵櫃。
我下意識朝那邊靠近，伸手握住鐵櫃門把。
看到我使勁拉開，身後的彩華發出「啊！」的一聲。
鏗鏘！
衝擊襲向頭頂。
那些掃除用具有如雪崩一般接連倒下。
頓時眼冒金星的我不禁當場蹲下。
彩華小跑步來到我身邊，站著俯瞰我。
「等等，還好嗎？你太興奮了。」
「才、才不是那樣！這完全不是我的錯吧！」
「啊哈哈，我看是你以前不掃地的報應吧。反正還有時間，乾脆打掃一下好了？」
「我才不要，那麼麻煩——」
正要回答的瞬間，就聽到畚箕「喀鏘！」落下的聲音。
伴隨著破裂的聲音，裂開變成銳利形狀的碎片趁勢滾到一旁。
看到碎片插在鐵櫃跟地板的縫隙，我不禁嚥下一口口水。
彩華的視線也看往碎片，立刻開口：

「……可以再問一次你剛才的回答嗎？」

「我掃我掃，請讓我打掃！」

「也是。還有，我看你去驅邪一下比較好。」

「不要說那種不吉利的話！」

我站起身來吵吵鬧鬧，彩華就被我逗笑了。

還以為自己受到母校歡迎，要是回去之後遭到詛咒纏身可就笑不出來。

「……嗯？」

無意之間，這才發現自己的聲音幾乎沒有在教室裡迴響。

看來這間教室的隔音滿不錯的。

這麼說來，高中時幾乎沒有什麼機會思考教室的隔音如何。

雖然是畢業之後未曾再次踏入的教室，沒想到還能發現各種事物。

要是過個幾年再來，是否又會有新的發現呢？

走到窗邊，我低聲說道：

「……出社會之後，還想再來一次呢。」

這個低語就這麼飄向外頭的操場。

帶著寒意的秋風吹動操場旁邊的樹木，奏響了這個季節的音色。

走到我身邊的彩華靜靜說聲：「哈哈，什麼啊。」回應我的話。

「——想再來幾次都可以啊。學校才不會那麼容易倒。」

「我是想跟妳一起來啊。」

如此回答的我重新面對彩華。

彩華眨了眨眼睛，感覺有些傷腦筋地回覆：

「謝、謝謝。」

「嗯。我大概是在遇見彩華之後有所改變了吧。我很感謝妳。」

「……你今天是怎麼了？還真是老實耶。」

「是嗎？總覺得今天是這種心情。」

「……喔。那我也變成那種心情好了。」

彩華移開視線，跟剛才的我一樣眺望外頭的景色。

隔著玻璃可以看到操場上有一群看似籃球社的學生，正在一邊呼喊口號一邊沿著跑道外圈跑步。

「……你還記得嗎？我們去溫泉旅行時的事。」

「當然記得啊。剛剛才聊過這個話題吧。」

「啊哈哈，抱歉……那你記得我說過『有時候會搞不懂跟你之間的距離感』嗎？」

「……總不可能講過的每一句話都記得，不過妳好像有對我這麼說過。」
在旅館裡，敞開浴衣的彩華這麼說了。
腦中浮現她露出胸口，靠過來對我說「要看也可以啊」的記憶。
「變態。你現在回想起我的胸部對吧。」
「這是不可抗力！不但是人為還是蓄意！」
「不要這麼大聲。如果是你，不管要做任何想像或是做任何事情都沒差。」
彩華伸手靠著窗邊的扶手，朝我看了過來。
她的臉稍微趴在手臂上，仰望著我。
我不禁覺得「任何」這個詞別有含意。
「別……別開玩笑了。」
按捺不住的我，從彩華身上移開視線。
當我打開窗戶，想讓空氣流通的瞬間。
「——我沒有在開玩笑啊。」
一道沉靜又凜然的聲音在耳邊響起。
「……這不是在開玩笑。」
彩華靜靜地重複一次。

她露出有些虛幻的笑容，讓我不禁睜大雙眼。

「……彩華？」

「欸……悠太。」

彩華將頭髮勾到耳後。

在她把手放下來時，感覺好像碰了一下耳環。

「我至今其實經常搞不懂跟你之間的距離感。」

「……那是……」

「但是啊，我不覺得那是壞事。因為當我產生懷疑，一定都是意識到男女關係的時候。既然我們是異性，就某方面來說也很自然吧。」

經過那段高中時期，我曾經認為只有自己必須跟她成為不受性別拘束的關係。

我記得當時她也一再耳提面命「不要喜歡上我」。

不只是旅行那時，這是她時不時就會告訴我的事。

彩華像在重現我的記憶，用若無其事的語氣說道：

「你不想只跟我維持摯友的關係嗎？」

在我回答之前，彩華繼續說了下去。

就像在追擊一樣。彷彿想在我開口之前把話說完。

「我不想。現在的我已經不覺得我們的相處方式只有摯友。」

「……我當然也是這麼認為。」

總算有辦法說出我的回應，彩華露出淺淺的苦笑。

「欸，我很奢侈嗎？」

「奢侈？為什麼？」

「你想想～以前的我只是覺得如果身邊有個可以讓我放鬆的人就好。被人告白很痛苦，有時候還會對於人際關係感到厭煩。然而現在卻這麼想……就是這種感覺吧——嘿！」

彩華挺直身體，伸手將窗簾用力拉上。

阻隔外面的陽光，讓教室重回一片陰暗。

足以將昏暗的教室渲染成別具魅力的氛圍，那樣的存在直直注視著我。

「但是啊，我就是想奢侈一點。畢竟有些東西要是不奢侈就無法得到。」

我正想開口問她時，彩華朝我靠近。

甜美的香氣也愈來愈接近。

我的身體被她推到牆邊，動彈不得。

簡直像是腦袋已經察覺接下來即將發生的事。

就像要我別逃離這裡。

彷彿在宣告維持現狀的鋼索已經走到盡頭。

「——我啊……」

彩華的手伸向我的脖子，倒抽一口氣。

當我看見那有如陶瓷的嬌嫩肌膚時，距離已經拉近到只剩幾十公分。

彩華緊閉著嘴。

沉默。

摸著我的脖子的掌心滲出汗水。

我猶豫了一會兒，還是伸手觸碰她的掌心。

彩華的手掌抖了一下。

好似要與之呼應，她的手繞到我的腰部。

彩華墊高了視線。我知道她稍微踮起腳尖。

她的臉靠了過來。

我們的臉愈靠愈近。

直到彼此的鼻子快要碰在一起的極近距離。

「——」

好熱。

觸碰我雙頰的雙手掌心都在發燙。
然而閃現腦中的事並未成真。
彩華的臉就在我的臉旁，耳朵也傳來觸感。
是輕咬的感覺。
她只是輕輕咬了一下。
張開嘴巴的呼吸聲在耳邊響起，彩華讓我抱著她的身體。
我們面對面抱在一起。
我不知道究竟只是在轉瞬之間，還是經過了幾秒鐘。
彩華的嘴唇確實碰到我的耳朵，等我回過神來已經離開。
不知不覺間，彩華的頭也重回我的視線下方。
搔弄脖子的呼氣，以及腹部傳來的柔軟觸感。
然而彼此都沒有開口。
就像剛才的自己抱持錯誤的想像一般，我也無法解讀彩華的表情。
不知道秒針已經轉了幾圈。
這時彩華總算悄聲說道：
「……這是在報復你之前摸我的胸部。」

「……果然是有代價的嘛。」

輕咬怎麼稱得上是代價。

這只不過是為了抹消動搖的對話。

「剛才那句話的後續，就留到下次吧。」

「……這樣啊。」

「欸。多虧有了你，才有現在的我喔。」

彩華的聲音聽起來有些沙啞。

或許是低語的關係，才會覺得有點沙啞吧。

「……我也一樣啊。」

「……嗯。」

微微的溫暖，以及包覆上半身的柔軟觸感。

以本能來說，很想再跟她擁抱一下。

然而理性不斷告訴我，再這樣下去不太好。

無論是對於我們的關係，還是對於這個現狀都不太好。

「你在想什麼？」

「……我……」

「我啊，我想著就算以後出社會，如果你也想繼續跟我在一起就好了。」

「那是當然啊。妳也是這麼想吧，事到如今甚至沒必要再確認這種事。」

「啊哈哈，我就知道你會這麼說。我就先不追問你現在這番話的真意了。」

彩華聳了聳肩，離開我的身邊。

甜美的氣味隨之遠去，這才發現自己總算可以像平常一樣呼吸。

「現在就到此為止。說不定很快會有老師過來，要是惹來誤會就不好了。」

「什麼誤會啊？」

「孤男寡女在教室裡抱在一起。雙方的臉都很紅。你要是撞見這種情境會怎麼想？」

彩華先是將視線看往天花板附近，隨即才又拉了回來。

「還是要抱著被列入黑名單的覺悟，試著讓人誤會一下？」

「別開玩笑了。」

「呵呵，答對了。這確實是在開玩笑。」

彩華揚起嘴角，朝著窗邊伸手。

窗簾跟窗戶都被拉開。

秋天的空氣吹了進來，飄散在教室裡的氣氛也跟著消散。

「——悠太。你從現在開始什麼話都別說，準備面對明天吧。我今天要先回去了。因為我也想當她的好學姊。」

「……妳對那傢伙來說，無論何時都是好學姊啊。」

「謝謝。但是並非如此。我還是會『做出選擇』。」

彩華留下這句話便離開教室。

這個瀟灑的動作讓我得知彩華並不打算在此久留，而且也想暫時離開我身邊。

即使是讓人覺得一如往常的那個表情，也能察覺她內心的動搖。

彩華應該同樣也能察覺我的動搖吧。

因為剛才那個情境，就我們的關係來說應該是不可能的。

……沒錯，本來是不可能的。

因為害怕一旦開始「意識」到這點就會崩壞，再加上過去早就決定唯獨自己要完全割捨異性的情感與彩華相處。

然而剛才那樣的行動，明顯已經踩線了。

不過真的很不可思議。

面對這個狀況，應該要感到更加動搖才是。

我的心臟當然也比平常跳得更快更激烈。

我對自己感到意外的是，已經接受這個狀況這點。

陌生人。

同班同學。

朋友。

摯友。

我們之間的關係就像四季一樣流轉，每次改變都讓我們相處起來更加舒坦。

正因為如此，或許可以不必特別擔憂變成另一種關係的可能性。

今天的我了解一件事。

我們即使出了社會也會一直在一起。

這並不是推測，而是確信。

在彩華離去的教室裡，一把細長的鑰匙放在桌上。

我從口袋裡拿出家裡的鑰匙，高舉到眼前確認。

這是高二時彩華送我的雪豹鑰匙圈。

充當眼睛的蒼藍色石頭，在陽光的反射下閃爍耀眼的光輝。

第8話　秋風颯颯

在主要車站的出入口前方。

人群之中，特別引人注目的那個人筆直朝我衝過來。接連閃避人潮並步步朝我逼近的模樣，看起來就像某種小動物。

「鏜鏜鏜鏜鏜鏜……」

一見到面，小惡魔學妹就模仿起鼓聲。

……都還沒打招呼，真虧她有辦法嗨成這樣。

畢竟昨天沒有睡好，老實說，完全不覺得能跟上她的情緒。

「早。妳這是在幹什麼？」

「鏜鏜！學長，請問今天是什麼日子！」

「同好會活動日。」

「才不是呢，那就跟平常一樣啦！」

志乃原立刻瞇起閃閃發亮的雙眼出聲抗議。

我很清楚她想聽到什麼，但是開頭第一句就說這個也太累了。

然而一見面就「鏜鏜鏜」喊個不停的志乃原，應該沒辦法理解我的心情吧。

「學長～我們很久沒有從白天就出來玩了。一男一女出門玩樂的活動叫什麼呢？真相只有一個！」

「暫定約會吧。是妳跟彩華一決勝負的日子。」

單純樂在其中的日子。

然而經歷過昨天發生的事，實在有些難以想像。

我不知道志乃原有什麼想法。但是——

「前面不用加上暫定吧！」

「啊唔啊唔啊唔——」

志乃原的雙手抓住我的肩膀，拚命地前後搖晃。

任憑她這麼做的我，能聽見她喊著「學長！」、「太不專心了！」、「回神啊——！」的聲音。

就連周遭的喧囂都無法妨礙志乃原的聲音傳入我的耳中。

不知是因為她的聲音本來就比較響亮，還是我比以前更專注傾聽志乃原的聲音所致。

即使思緒遭到強制打斷，這樣的相處也滿自在的。

「算了。反正我現在心情非常好。」

全身穿搭帶有秋季色彩的志乃原，這才從我的身上放手。

志乃原面帶竊笑，從下往上看著差點跌倒的我。

四目相對之後，她的視線繼續往下看。

如果一個不熟的人對我做出一樣的舉動，或許會覺得被人品頭論足，留下不好的印象，不過既然是志乃原，現在顧慮這些也太遲了。

看到我雙手抱胸，抬頭挺胸的模樣，志乃原就笑出聲來。

「嗯。學長今天也很可愛！像是衣服有點皺皺的，還有太大件的寬鬆帽T之類！」

「要說帥氣，男生才會比較開心喔！而且妳這個形容帶有惡意吧，我今天可是刻意穿成這樣的！刻意！」

不貼身的寬鬆帽T穿搭，最適合不知道要不要穿外套的十月天。

而且穿起來特別舒適，所以我最近很愛穿這件。

我還是第一次穿這件衣服跟志乃原見面，她有敏銳察覺讓我覺得滿開心的，但是實在不想被人稱讚可愛。

「女生說的可愛就是分數很高的意思啊～學長也真是的，要我說幾次才會懂呢？」

「我也不知道要說幾次妳才會知道，說我帥氣我會比較開心。」

「喔……我只是不好意思說而已，其實也覺得很帥氣喔。畢竟這是我第一次看到學長認真穿搭的秋季服裝呢。」

我不禁眨了幾下眼睛。

那並不是要她再次稱讚我的意思，只是真的聽到她的稱讚，不禁讓我覺得很難為情，頓時不知道該如何回應。

看到我的反應，志乃原揚起嘴角說道：

「學長，你真的很好懂～」

「啥……吵死了！不要捉弄年長者！」

「啊哈哈，現在才說這種話也太遲了。」

「所以我才說啊！」

志乃原聽了我的回應便開心地笑了。

然後像是突然想到什麼，開始翻找自己的手提包。

接著拿出一個棕色罐子貼在我的臉頰。

「學長，這是冰咖啡歐蕾。請先攝取咖啡因打起精神！」

「咦？不，我又不想睡。」

「沒差啦，請快點收下！」

接過冰涼的罐裝咖啡，我定睛注視上頭的標籤。

至今為止，從來沒有事先幫我準備過什麼冰咖啡歐蕾。

而且挑選的飲料種類也很完美，如此才讓人不禁起疑。

「……妳有什麼企圖？」

聽到我的問題，志乃原瞬間露出有些驚訝的表情。

「我、我沒有什麼企圖啊。我完全沒有打算在約會一開始就積極爭取點數喔。」

「所以說妳為什麼要全部說出來啊！」

「要是不這麼做，學長就會表現得跟平常一樣啊！我想讓你意識到這是在約會！」

「啊～是是是……」

「不要隨便帶過啦！」

不理會在一旁揮動雙手的志乃原，我打開飲料罐的拉環，立刻傳出空氣「噗咻！」竄出的輕快聲音。

光是聽到這個聲音，就讓我產生今天會很愉快的預感，真是不可思議。

舌尖歡喜品嚐甜度適中的微糖飲料，過了十幾秒，我再次看向志乃原。

她一直在觀察我這一連串的動作。

「……謝了。晚點再給妳錢。」

「咦？啊，好的。」

「……這罐飲料裡是不是真的加了什麼？」

「沒有啦！」

志乃原跺著腳加以否認。

……我還是覺得她好像有哪裡跟平常不太一樣。

是外表嗎？

志乃原穿著鮮紅色牛仔外套搭配白色上衣，以及酒紅色的高腰裙。

這個襯托身材的打扮，是很難穿得好看的秋季穿搭。

即使置身人群之中也格外顯眼，不過更可怕的是關於這點可以說是一如往常。

畢竟她的言行舉止都充滿學妹感，因此平常不會特別注意，但是這讓我再次體認到即使是在人來人往的地方，她也是特別醒目的存在。

接著確認臉上的妝，但是這方面的差異實在看不太出來。

總覺得臉頰的腮紅好像讓她的氣色看起來比平常更好，但也有可能只是光線反射的效果，因此無法隨便說出口。

……是嘴巴嗎？

「學、學長。」

「嗯？」

「你看太久了。那個，很害羞耶。」

「抱歉。不過妳是不是換口紅了？果然整體的印象看起來不一樣。」

志乃原眨了眨眼，然後慢慢噘起嘴巴。

……搞錯了啊。

打算在她大鬧之前拉開距離，於是緩緩後退一步。

「抱、抱歉抱歉，我一直在找妳身上哪裡跟平常不一樣，才想說可能是口紅。不過應該只是光線反射——」

「答對了啦，學長這種小聰明很討厭耶！請你絕對不要跟其他女生說這種話喔！」

「明明答對還要被罵！」

志乃原鼓起臉頰，轉身便感應ＩＣ卡進入站內。

我愣在原地幾秒鐘後，這才回過神來追了上去。

結果就聽到她在前方不斷唸唸有詞：

「學長常說我在裝可愛，但是若無其事地說出這種話絕對也是很會撩人的表現喔。會讓人家誤會的。」

「妳之前明明說過有注意到微小的變化會很開心，現在又是怎樣的心境改變啊？」

「哼。呸～我呸～！」

「……」

「你現在覺得我很麻煩對吧！」

「我沒有那樣想啊，這是怎樣啊！」

今天志乃原的情緒起伏比平常還要難懂。

但是或多或少可以知道她不對勁的地方了。

那種不自然的感覺並非因為外表，而是由內而外。

——看來她似乎覺得很緊張。

仔細想想，自從五月的體驗交往以來，就不曾像這樣跟志乃原約在外頭碰面了。

黃昏時分的摩天輪裡，我們再次體認彼此是很重要的人。

在那之後過了快五個月，那座摩天輪究竟繞了幾圈呢？

它繞過多少圈就經過多久的時間，我們的心中也起了某種變化。

今天這一天，恐怕就是那種變化導致的吧。

那也正是——

◇◆

一間獨棟房屋矗立在我們兩人面前。

橘色外牆搭配鮮紅色屋頂。

在閑靜的住宅區裡特別顯眼的這間獨棟房屋，在我們一踏入巷弄的瞬間，目光就被它吸引過去。

門牌上刻著「齋藤」，但是志乃原卻在這裡停下腳步，因此我的腦中滿是問號。

畢竟我們搭了兩小時的電車才來到這裡。

一路上電車裡的乘客愈來愈少，最後三十分鐘的車程甚至可以低聲聊天。

搭車時還以為是要去主題樂園之類的約會景點，沒想到一走出出入口，眼前卻是感覺有點高級的住宅區。

走在住宅區裡，我又猜測該不會是要去某間鮮為人知的餐廳之類，依然大錯特錯。

然後就這麼站在這間獨棟房屋前面。

我完全搞不清楚志乃原想做什麼，不禁感到困惑。

「欸，這裡是哪裡啊？」

「這裡啊，是齋藤家喔。」

「我看也知道。我是問妳為什麼要停在這個家門口。難道是要按了門鈴就跑嗎？」

「啊哈哈，那樣感覺也很有趣耶。來惡作劇一下吧！」

「笨蛋，我是開玩笑的！」

「呀啊～手要被吸過去了～」

隨著這道不帶感情的聲音，志乃原的食指就這麼按下門鈴。

閑靜的住宅區響起機械化的鈴聲，我立刻從後方架住志乃原。

「好痛好痛，學長！我是開玩笑的！」

「按下去就不是開玩笑了！我也會陪妳道歉，絕對不准逃跑！」

當我如此說道時，玄關門口的電燈亮了起來。

要是住戶看起來很凶怎麼辦啊？然而這次完全是我們的錯。

為了擺脫我的束縛，志乃原奮力掙扎。等一下一定要好好罵她一頓才行。

「學長，就說這樣很不妙！爸——」

「妳別開口，一開始由我先來道歉！」

我伸手摀住她的嘴巴，志乃原以含糊的聲音不知道在說什麼。

喀嚓。

這時厚重的大門打開，一位中年男性探出頭來。

茂密的髮絲參雜一點白髮，身上穿著整齊的灰色西裝，正中間是一條酒紅色領帶。

……沒想到這裡的住戶是居家工作的人。

既然打擾到他工作，在這之後的發展也不難想像。

我雖然在心裡抱頭苦惱，還是下定決心開口：

「那個，不好意——」

「啥！」

……糟了。

中年男性看見志乃原，頓時露出驚訝的表情。

這個姿勢可能會被解讀為志乃原遭到暴徒襲擊，為了求助才按下電鈴。

焦急的我趕緊放開志乃原，在各方面被人誤會之前趕快低頭。

得在對方報警之前趕快解釋——

「呃，不好意——！」

「真由！」

……咦？

這位男性剛才好像叫出志乃原的名字。

就在這時，我的衣襬被人輕輕拉住。

當我抬起頭來時，內心湧現非常不吉利的預感。

掙脫束縛的志乃原抬起眼神，呼吸還有點紊亂地說道：

「學、學長，這個人是我的爸爸……」

「…………啊？」

我立刻朝著那名男性看去，這才發現他不知何時來到我的眼前。

這麼說來鼻子的形狀還有眼睛——

「你對我女兒做什麼！」

「對對對對不起！」

好幾年沒被人這樣怒吼，渾身顫抖的我後退一步，用力低頭向他致歉。

這個鞠躬姿勢應該比進入面試會場時的頭更低吧。

志乃原在一旁向伯父解釋現況，我不禁有點想哭。

從外觀也看得出來，不過這個家確實很寬敞。

光是我們現在所在的客廳，感覺就比我住的公寓大上一倍，擺在中央的六人座餐桌上更是擺滿豪華料理，好像要舉辦家庭派對一樣。

待在廚房的伯母看向我們，目前在場的總共有四個人。

「真由，是妳不對。」

聽過志乃原解釋來龍去脈之後，伯父嘆了一口氣才開口。

志乃原也沒有反駁的餘地，只是噘起嘴巴低下頭。

我坐在志乃原旁邊，伯父則是坐在對面。

就現階段的印象來說，他們的長相完全不像。

「妳有好好道歉嗎？」

「道歉了啦，又不是小朋友。」

「明明不是小朋友，還想按了電鈴就跑嗎？就算只是假裝要這麼做也不行。」

「唔……」

風向壓倒性地對志乃原不利，而且真要說起來，伯父似乎是個性比較嚴格的類型。這也跟志乃原完全相反。

「……那個，剛才真的非常抱歉。」

見到我再次低頭致歉，志乃原的爸爸連忙搖頭。

「不，你別這麼說。悠太，你當場斥責做出蠢事的女兒也是理所當然。雖然手段有點粗魯就是了。」

「不、不好意思。」

我用僵硬的語氣回應伯父這番話。

看來志乃原是因為對象是家人，才會抱持稍微惡作劇的心態按下電鈴吧。

畢竟時機太過湊巧，再加上就她平時的舉止來看確實有這個可能，讓我覺得她竟然真的做出這種惡作劇。

她是因為回到老家，才會重拾童心惡作劇嗎？

還是因為即使是志乃原，帶男生回家見父母還是會緊張，為了掩飾心情才那麼做？

無論如何，這次都跟上次我們體驗交往時的氣氛截然不同。

瞥了身旁一眼，發現志乃原的視線緊盯擺在眼前的豐富料理。

看到那副悠哉模樣，讓我實在很想問她：「我為什麼會在這裡？」但是在伯父面前這麼做就太沒禮貌了。

不知道伯父看到我的反應是怎麼想的，他向我搭話：

「請用吧，悠太，不用客氣多吃一點。真由說她會讓你空腹過來喔。」

「咦，這麼豐盛……真的可以嗎？」

我也仿效志乃原看向桌面，只見眼前擺滿豪華的菜餚。

有南瓜冷湯、生火腿拼盤、凱薩沙拉，以及油封嫩雞。

看到不輸給餐廳的一道道料理，我的肚子咕嚕咕嚕叫了起來。

「那當然。要是能合你的胃口就好。」

……難怪我想在車站裡買零食時，志乃原才會全力阻止啊。

她如果事先跟我說一聲，我也可以好好思考身為學長該怎麼應對。

「我、我開動了。」

於是恭敬不如從命，將應該是前菜的南瓜冷湯送入口中。

本來還很擔心會不會因為太過緊張吃不出味道，看來是我杞人憂天。

超好吃的。

就像去年聖誕節去過的餐廳一樣，吃起來很明顯價格不菲。

但也因為如此，要是隨口說出感想反而會自曝見識淺薄，讓我不禁迷惘究竟該怎麼形容這種滋味。

這種狀況下是否應該利用巴納姆效應呢？

試著說些不痛不癢，對於任何東西都適用的意見好了。

「這、這個口感——」

「超好吃的！爸爸，這個超好吃！」

「這樣啊、這樣啊！太好了，我還擔心會不會不合年輕人的胃口呢～！」

……看來就連這點也是我想太多了。

我也低聲說了一句：「真的非常美味。」老實地繼續享用冷湯。

為了享受足以融化殘暑的清爽滋味，我用金色湯匙喝了好幾口。儘管桌上的每一個餐具都在在顯示生活水準之間的差距，卻完全不會令人感到不快。

伯父的領帶散發絲綢的光澤感，然而不但不會讓人覺得是在炫富，反而抱持憧憬。

「哎呀～大手筆買了這些食材真是太值得了。儘管吃吧！」

伯父以爽朗的態度開口，同時還豪邁地張開雙手。

只是揚起嘴角加深皺紋，整個客廳的氣氛頓時變得和緩許多。

志乃原待人親切的個性，大概是遺傳自爸爸吧。

讓第一次見面的人產生好感的氛圍也一模一樣。

……說到第一次見面，我還沒向伯父自我介紹。

他好像已經知道我的名字，但是既然像這樣承蒙招待，該盡的禮儀還是不能少。

「不好意思，還沒向伯父自我介紹——」

「你是羽瀨川悠太吧。我聽真由說過了。聽說你是引領她成長的優秀學長呢。」

伯父三口喝完一碗冷湯，面帶微笑開口。

「咦？不是，請、請等一下，我沒有那麼了不起——」

「哈哈哈，不必這麼謙虛。我還是第一次看到真由稱讚其他男生喔。」

我很想狠狠瞪志乃原一眼，但是在伯父面前不能這麼做。

姑且在桌子底下用手指彈了她的大腿，志乃原便「噫！」輕呼一聲。

「……我也有跟她說過，本來就沒什麼人對我說過尊敬這種話，應該只是沒有認識其他對象的關係吧。實際上真由也是第一個這樣對我說——」

這時志乃原突然壓低聲音對我說悄悄話。

「我很慶幸『第一次』的對象是學長喔。」

……我好不容易才做到沒有任何反應。

這句話簡直像是要刻意惹來誤會。

一想到若是被伯父聽到，我的背脊就一陣發涼。

「真由，這樣湊過去很沒禮貌喔。」

「是～」

在伯父的叮囑下，志乃原發出像在憋笑的聲音坐了回去……等一下非得好好教訓她。

「話說回來，我真的沒有那麼優秀。」

「唔嗯……」

伯父伸手抵著下巴。

這個動作看起來就像在沉思，會不會是在思考我與志乃原往後的發展呢？

對於伯父來說，我是他女兒第一次誇獎的男人。

我完全沒有自信能夠跨越這麼高的門檻。

「悠太，你並不是多了不起的人。關於這點我很清楚。」

「聽您說得這麼直接也讓我有點受傷……」

「哎呀，抱歉。我不是那個意思。」

伯父有些尷尬地加以解釋，志乃原則是露出責怪的模樣開口：

「爸爸，你這個地方真的要改一改。不是想到什麼都可以直接說出口喔！」

「對不起嘛！」

……立場顛倒了。

這讓我不禁想像志乃原家的日常光景，覺得有些莞爾。

「……簡、簡單來說，正因為是乍看之下很平凡的悠太打動了真由的心，我才會認為你的內在具備這樣的魅力。我想了解的是這一點。」

「呃，是。」

要是對這個人曝光我的日常生活，他應該會昏過去吧。

與其說是平凡的大學生——應該說有滿長一段時間都過著有點怠惰的生活，最近才總算開始努力而已。

要是伯父秉持菁英思維，應該絕對不會想把女兒交給我這種人吧。

不過我們也沒有在交往就是了。

「我是個最近開始準備求職，但光是這樣就耗盡心力的人。內在也什麼了不起，這並不是我謙虛，而是事實。」

說了這麼一長串，不禁後悔覺得自己搞砸了。

面對初次見面的長輩，竟然自卑地形容自己的現況。完全像是在逼迫對方做出顧慮自己心境的回答，犯下了典型的失敗例子。

然而伯父只是輕快地笑道：

「像這樣的煩惱也是有其價值。不過要是沒有伴隨結果，無論說什麼都是徒勞。」

「爸爸，我就是在說你這一點喔！下次要是再這樣說，學長就要生氣了！」

「我才不會生氣！」

我下意識吐槽志乃原的玩笑話，連忙對著伯父露出笑容。

只要有志乃原在身邊，我好像就會遺忘那些為了準備求職而學習的社會人士禮儀。

然而比起說話的語氣，伯父好像更加在意志乃原的言行，說聲：「真由，妳啊——」又開始吵起來了。

在這個環境還想保持臨時抱佛腳的社會人士禮儀，難度實在太高了。

我為了取回自己的步調，決定拿起刀叉切分嫩雞。儘管淋上海膽醬的嫩雞有著驚人的美味，不過志乃原跟伯父還在言語交鋒，我有點難以做出反應。

結果我還是找不到原有的步調，為了打斷兩人吵架而開口：

「伯——伯母的料理真好吃呢。」

雖然很突然，不過這是我竭盡全力的客套話。

聽到這句話的伯父突然閉嘴，眨了幾下眼睛。

……再怎麼說都太突然了嗎？

正當我在心裡抱頭苦惱時，志乃原從旁插嘴：

「啊，學長。廚房裡的那位是家裡的幫傭，清水小姐。」

「咦！好、好厲害，竟然有幫傭……」

由於我還是第一次看到，不禁有點感動，但要是把這種感想說出口，或許就會被當成失禮的表現。

我強忍原本想說下去的話，但是不曉得我這番糾葛的志乃原繼續說道：

「我爸媽離婚了。」

「啥！」

最失禮的反應不禁脫口而出，我下意識地伸手摀住嘴巴。

儘管我立刻察覺這也是很無謂的舉動，然而為時已晚。

志乃原的爸爸苦笑發問：「妳之前沒告訴他嗎？」

「我不希望他顧慮太多嘛。」

志乃原如此回應之後，伯父用勸戒的語氣說道：

「但是突然聽到妳這麼說，他也會很傷腦筋。再多替悠太的心情著想吧。」

「唔……學長，不好意思。」

這次大概是坦率反省了，志乃原立刻向我道歉。

「不，沒關係。我只是嚇了一跳，而且也有其他朋友也是這樣。」

據說夫妻的離婚率超過三成。

以一個班四十人來看，單純以這個比例計算的話就有十二人。

雖然在身為當事人的伯父面前不禁有點緊張，但這並非特別罕見的事情。

……不過，總覺得可以理解志乃原的戀愛觀起源了。

家中的狀況，會對孩子的價值觀產生莫大的影響。

即使再怎麼瑣碎，那些在自我意識尚未完全確立的年紀發生的事，對於孩子來說都是足以撼動價值觀的存在。

無論是誰，想必都有基於外在因素改變自我價值觀的經驗。我也有過這種經驗。

就算回頭想想都不過是些瑣事，但是對於當時的自己而言已經相當嚴重。

如果對志乃原來說，這樣的經驗是父母離異，那麼會帶來數倍於我的影響也不奇怪。

不知道對志乃原來說，父母離異帶給她怎樣的影響呢？

這個解答一定存在於她的戀愛觀裡。

志乃原偶爾會露出憂愁的表情。總覺得可以窺見一點原因。

「你們關係維持很久了嗎？」

「不，還不到一年。」

「這樣啊。哎呀，但是時間對於這種事來說不是很重要。我自認可以理解真由帶你過來跟我見面的意義。」

「咦！」

我將插有生火腿的叉子放回自己的小盤子。

難不成今天這場見面有著「那樣的」意圖嗎？

一舉解決其他障礙。

志乃原是想透過讓我跟爸爸見面，製造既定事實——

「爸爸，你誤會了。我跟學長還沒交往喔。」

「嗯？是喔。」

我不禁看向志乃原。

原本以為她會趁伯父誤會時開個玩笑，所以其實滿意外的。

「學長說的還不到一年，不是我們交往的時間，而是認識至今的時間。」

「什麼嘛，那麼今天為什麼要安排這場見面？」

伯父也跟我一樣，將準備送進嘴裡的叉子放回盤子上。

伯父的回應讓我不禁感到很失落。

這麼一桌豪華的料理，或許是因為他誤以為我是女兒的男朋友才準備的。

如此一來我的存在便頓時顯得格格不入。

「爸爸，既然這麼久沒見面了，就別說這種死板的話嘛。今天只要可以給苦惱的學長一點意見，其他怎樣都好啊！」

「所以妳是為了這個才要我把今天空出來嗎！」

不同於志乃原笑得滿臉得意，伯父驚訝得瞪大雙眼。

本來應該是要展示給未來女婿看的酒紅色領帶，似乎有點哀傷地晃了晃。

我以這一整天最為焦急的心情對著志乃原悄聲說道：

!!
all De

「喂，難道伯父什麼都不知道嗎……！」

「還不是因為學長這麼努力準備求職，我才會想多少要幫上一點忙啊！」

「那麼事先跟我說一聲啊，我至少可以準備些想問的事……！」

「哇啊～沒想到近期溝通不足導致了這樣的後果～」

志乃原吐了一下舌頭。讓我不禁湧上想把那個色澤健康的舌頭拉出來的衝動，然而畢竟是在伯父面前，我還是勉強按捺下來。

而且這個時機怎麼想都是為了我著想才採取的行動，因此也不能全部怪罪在她頭上。

實際上我也很想跟可以蓋這麼一棟氣派房子的社會人士談談。

伯父嘆了一口氣才開口：

「既然如此，悠太，吃完飯之後到陽台吧。有些事只有男人才有得聊吧。」

「我、我明白了。」

「太生疏了……清水小姐，總之就是這樣，晚點我會稍微離開一下。」

正在廚房切著飯後蘋果的幫傭露出柔和的笑容回答：「好的。」

對於逕自想像她有可能會像女僕一樣回答的自己感到難為情，但是應該沒有被在場的其他人發現才對。

從三樓的陽台可以眺望整片住宅區的屋頂。

附近的大樓只有在遠方的幾棟而已。

因此即使只是在三樓，也能充分享受遼闊的街景。如果這是自己蓋的房子，那麼肯定會感到格外自豪。

「你抽菸嗎？」

「不，我已經戒了。好像不太適合我的樣子。」

「哈哈，這樣啊。那麼你有打算再抽嗎？出了社會之後，吸菸區也算是交流的場所……喔，抱歉。我馬上就說出這種過時的想法了。」

「請別這麼說。謝謝伯父立刻給了我一個建議。」

我並非認同伯父的意見，總之還是先低頭致謝。

露出苦笑的伯父以熟練的動作點燃香菸，將灰色的煙霧朝外面吐去。

「……悠太，你有些地方跟我有點像呢。」

「我嗎？」

「對——」

「一點也不像！下次再說這種話我就把房子燒了！」

正要離開三樓的志乃原探出頭來，拋下嚇人的恐嚇之後便不見人影。

等到聽不見下樓的腳步聲後，伯父不禁垂頭喪氣。

「被女兒說成這樣還真是打擊……」

我的個性沒有惡劣到會抱持看好戲的心情看著眼前被女兒臭罵一頓的父親。

然而我也沒有勇敢到能在這樣的父親面前點明他的不是，因此我盡可能不提及剛才那件事，再次聊起原本的話題。

「那個……伯父。關於剛才說的事，請問您覺得哪裡相像呢？」

「……這讓你感到不舒服嗎？」

「不，我只是單純感興趣而已。」

聽到我迅速的回答，伯父也笑了。

「不對他人敞開心房這點。」

我忍不住偏頭懷疑。

「……關於這點大家都是如此吧？」

「是啊。但是你對『他人』的定義似乎有點寬。現在好像多少克服了一些，即使如此，可以讓你展現自我的人還是不多吧。」

「……這是指我平常都在隱藏本性的意思嗎？」

那應該是過去的彩華最拿手的事。

所以雖然能夠理解，但是自己並不擅藏隱藏本性。

我自認為一邊注意世俗眼光一邊採取行動並不難，但是就這點來說，身邊的人應該都一樣才是。

跟一般人沒什麼兩樣。

雖然沒有說出口，但是看來是伯父的說法不正確。

正當我要做出這個結論時——

「——不是。你只是單純害怕暴露真心而已。」

我睜大雙眼。

他究竟看到我哪個舉動才會這麼想呢？

儘管剛才吃飯花了整整一小時的時間，但是應該遠不足以理解一個人。

「刻意不對人敞開心房，與下意識不敞開心房是兩碼子事。你跟我年輕的時候很像，所以我在這裡直說了吧，你是屬於後者吧。雖然對於少數人來說不在此限就是了。」

「……自己這樣說雖然有點怪，但我還滿會為人處世喔。」

「既然這是你的第一句反駁，就像是證實了我的推測。」

伯父轉了一下香菸，並從鼻子呼出煙霧。

灰色的煙朝著外面飄散，過了幾秒便融入景色消失不見。

「我並不打算針對你的求職給予什麼建議。畢竟在吃飯時聽說的準備方向大致沒有問題，都有達到最低門檻。接下來只要不停止思考，想必可以拿到很多封錄取通知吧。你應該很擅長求職才是。」

「我很……擅長嗎？」

伯父毫不猶豫地點了點頭。

「不輕易暴露真心並非全是壞事。就你所說的為人處世方面，也會成為一種幫得上忙的技能。」

當我正在尋找有無可以舉證的事例時，他立刻繼續說道：

「但是你千萬不可以誤會。面試的成績與人際關係截然不同。要是把那個自豪藏在心中放任不管，總有一天會在關鍵時刻變成你的枷鎖。」

伯父點燃第二根菸，這次向上吐出煙霧。

「……人生當中最重要的就是人際關係。就私底下來說，若是沒有敞開心房，關係便維持不下去。你現在還是學生，應該沒有什麼實際的體會，但是出了社會三年之後，就會與多數人的關係變得疏遠。不肯暴露自己真心的人，到時候恐怕連個談心的人都沒有。」

「……伯父到底想說什麼？」

不再顧及禮儀，任憑自己的心境如此問道。

我有過幾次像這樣將內心想法說出口的經驗。面對真由、彩華、藤堂，還有禮奈時，這麼做甚至能讓我感到舒坦。

然而在沒有覺悟的狀況將自己的本質化為語言，還是讓我感到害怕。

「別用理性去談戀愛。」

我的心「怦咚！」了一下。

就算我想反駁，一時之間也想不到合適的話語。

快要成形的單詞紛紛瓦解，讓我甚至來不及羅列。

「順從自己的心。拋開那些理性的思考。順從本能採取行動，再靠理性控制就好。當然也要有個限度，但是對於你抱持的煩惱，這點程度比較剛好。」

伯父的語氣聽起來有些耳熟。

很像。

就跟在梅雨季時，志乃原對我侃侃述說她的過去時的語氣很像。

「要是想得太複雜，你的內心總有一天會封閉起來。人類的情感有時是很矛盾的。要是把思考的重心全都壓在理性上，就會難以承受這個矛盾，總有一天會自我毀滅。」

「……我不太懂。」

這就是我竭盡所能的回答。

或許我只是不想搞懂而已。

伯父像是連這樣的心思都能看透似的輕聲笑道：

「這樣啊。既然還是學生，或許就是如此吧。出社會之後，說不定有一天就會懂了。我替你祈禱不要領悟這件事吧。」

伯父的視線望向遠方。

藍色天空不知不覺染上橙黃，可見時間過了多久。

「好吧，就是試著順從本能來行動吧！但可不是叫你順從三大欲求喔。」

氣氛頓時變得輕鬆。我也跟著放鬆肩膀的力道。

他能自在掌控氣氛嗎？

說不定志乃原總有一天也會成為像伯父這樣，能夠輕易控制現場氣氛的人。總覺得多少能夠想像得到。

「我在各個方面都經歷很大的挫敗。工作與戀愛都是。而且還不只一次。我不太想用『挫敗』兩個字帶過，但是看在世人眼中就是如此。」

他指的是離婚那件事嗎？

既然說不只一次，那就是與之相等的——

我差點對別人的八卦產生興趣，趕緊咬緊嘴唇甩開這樣的念頭。

「最後問你一個問題。真由對你來說，是個怎麼樣的人？」

「……是我很珍惜的人。」

「這樣啊。能聽你這麼說就夠了。」

伯父露出和藹的笑容，接著熄掉手上的菸。

「就聊到這裡吧。好久沒跟年輕人說說話，我覺得很開心。」

如此說道的伯父率先離開陽台。

我也緩緩脫掉拖鞋，同時在心裡反覆思考伯父的話。

如果對象是學弟妹或同年紀，或者是比我大上幾歲的人，我也不會像這樣把剛才那段對話放在心上。

但是不知為何，我現在就能坦然接受。

我並不覺得伯父跟我很像。他之所以那樣講，說不定只是便於提升將這番話傳達給我的準確度罷了。

不過，這是一次很好的機會。

那就順從這個機會，重新審視自己吧。

這是在我做出選擇之前，必須經歷的過程。

是我在給出回答之前，最後必須回想的事。
重新穿好拖鞋，上半身靠著陽台的圍牆。
感覺變涼的十月冷風，伴隨枯葉撫過臉頰。

第9話　真正的時間

如果把自己的成長過程拍成電影，想必是隨處可見的無趣內容。會這麼想的人肯定占了大半數。

至少我就不例外。

一個平庸的人，過著平庸的日常生活。這樣究竟哪裡有趣了？

儘管也有些開心的回憶與難受的回憶，但是沒有任何足以在大眾面前展示的事蹟。

沒有任何需要特別著墨的地方，極為普通的人生。

我自己並不覺得無法對他人暴露真心。

只是如果真是如此，倒是有一個可能性。

至少我的人格在國小時就已經成形。

不——應該說是在國小時成形的。

國小的時候，我很喜歡男性偶像。

在名為電視的另一個世界，特別耀眼又閃閃發亮的存在。

我之所以會喜歡偶像的契機，是自從我懂事的時候開始，父母都要工作的關係。

我幾乎沒有與父母共度的時間，因此看電視的時間比其他人更長一點。

所以對我來說，會喜歡出現在電視上的人也很自然。雖然還是小孩子，但是那樣端整的容貌浮現的溫柔笑容，依然令我感到憧憬。

我對男性偶像著迷的程度是會將歌唱節目錄下來每天反覆觀看，然而並非不理解愛的反作用力才會如此沉迷，沒有那麼陰暗的背景。

單純只是填補因為寂寞而產生的心理縫隙。

畢竟父母是因為工作才會這麼晚回家，因此年幼的我大概可以理解工作有多麼重要。雖然我也沒有因此完全不放在心上，不過確實很早就能在某種程度切割面對這件事。

就算自從懂事以來很少與父母相處，我還是很喜歡他們。

實際上我每天都是從放學回家之後，直到晚上十點左右都滿心雀躍地等著媽媽回來。

就算想睡了，我會在客廳包著毯子睡個一小時，為的就是在玄關的門打開時可以醒來。要是父母打電話通知：『對不起喔，應該要忙到深夜才能回家。』我就會跑去父母的雙人床上睡覺。

在這個時代，小孩子在家等待兩個人都要工作的父母回家，應該不是什麼罕見光景。

「我回來了～呃，悠太真是的……又這麼晚還沒睡。今天你在家做什麼？有念書嗎？」

「歡迎回來、歡迎回來！我有念了三個小時，所以看了三個小時電視。我把歌唱節目錄下來，絕對不可以刪掉喔！」

「知道知道。既然你有努力念書，我就不會刪掉啦。」

要是看電視的時間比念書的時間更久，媽媽會不開心。

也會以妨礙念書為由，澈底禁止我打電動跟看漫畫，因此羽瀨川家的教育方針可以說是相對嚴格。

對我來說，電視是唯一可以填補內心縫隙的道具。

比起一點也不想去的補習班，還有游泳、書法等才藝班，透過電視接觸新世界這件事對我來說更加快樂，也更有興趣，但要是惹得父母不開心我也會很難過，所以我儘量不把這樣的心情表現出來。

「悠太。為了考上一所好大學，你得從現在開始提升自己的基礎學力。所以不可以從這麼小就只顧著玩。」

這是爸爸的口頭禪。

但是說穿了，我不太能了解「大學」究竟是什麼。

「爸爸媽媽都是在大學交到一輩子的朋友。悠太也要為了認識未來會跟你相處一輩子的人，去念一所好大學喔。」

為了結交好朋友，就一定要念好大學嗎？雖然也有讓我抱持疑惑的地方，不過我還是立刻放棄思考，既然爸爸都這麼說了，大概就是這樣吧。

沒必要去在意自己無法理解的話。

更重要的是為了不讓錄影的節目被刪掉，我得考出好成績才行。

內心的想法並不重要。

不會被父母責罵的時間。

享受最喜歡的歌唱節目的時間。

我只是為了守護這種微小的幸福，日復一日坐在書桌前面認真念書。

◇◆◇◆

小學四年級時。

這是父母在我人生當中第一次參加教學觀摩。

光是如此，我從一星期前就感到興奮不已。

班導是一位姓野中的女老師。

教學觀摩當天的課程是道德，野中老師事先跟我們說到時候要發表「將來想度過怎麼樣的人生」這種談論夢想的主題。

面對還不理解什麼是將來的夢想的學生們，野中老師語氣溫柔地補充一句：「就是要發表大家往後想做什麼事情，或是之類的內容喔。」

「不過上課時間有限，我們就在課程的最後找三四個人來發表吧。有人願意分享嗎？」

就在大家開始坐立難安時，野中老師繼續說道：

「教學觀摩當天，大家的媽媽或是爸爸會來喔。如果可以堂堂正正地發表，一定會很帥氣喔！」

會因為教學觀摩而興致高昂的學生本來就不多，再加上大家都不太好意思，一時之間沒有任何人舉手。

我本來也是靜觀其變的其中之一，但是一想到父母，於是難得湧上一股勇氣。

「我！」

朝著天花板高高舉起一隻手，大聲回應。

野中老師也很開心地拍手說道：「羽瀨川同學！」

隨著我舉手，陸陸續續有三個人接著舉手。

「凡事要成為第一個都需要極大的勇氣。大家為羽瀨川同學掌聲鼓勵一下！羽瀨川同學，那就拜託你壓軸嘍！」

野中老師一邊開口稱讚，一邊送上盛大的掌聲。

「喔～！」班上同學們也半開玩笑地為我鼓掌。

這是我第一次在眾人面前受到表揚。

那天的晚餐時間，我忍不住向父母報告這件事。

因為他們偶爾問我：「在學校怎麼樣？」我幾乎說不出任何受到稱讚的事。

當時我正在吃炒蔬菜，以盡可能保持平常心的態度向他們報告那件事。

「我啊，要在這星期的教學觀摩進行發表喔。班上只有四個人可以發表，大家一開始都不舉手，因為我是第一個舉手的，大家都一直稱讚我呢。老師也說主動第一個舉手很了不起。所以到時候交給我壓軸，因為這是會決定我們班印象的關鍵時刻。」

見我突然說個不停，爸爸跟媽媽都不禁愣住並眨眨眼睛，最後還是和藹地露出笑容。

「這樣啊。第一個確實需要勇氣呢。很了不起喔。」

爸爸難得稱讚我。

「好厲害！老師說得沒錯，多虧了悠太，大家都得救了呢。既然是最後一個發表，可要漂亮收尾喔。」

媽媽稱讚我的話，感覺比平常更富含情感。

很久沒像這樣一家人聚在一起吃飯。

難得有這樣同時受到爸媽稱讚的機會，光是如此，就讓我覺得加了討厭的青椒的炒蔬菜變得美味許多。

懷著激動的心情，我朗聲宣告：

「教學觀摩那天，你們絕對要來喔！我會堂堂正正地發表的！」

他們都不知道我的夢想，當天想必會嚇一跳吧。

父母紛紛莞爾一笑。

爸爸得意地說聲：「放心吧。我已經順利跟公司請特休了。」

媽媽也表示：「悠太既然這麼說了，那是當然啊。」看起來很期待的樣子。

畢竟是第一次參加教學觀摩，全家人應該都滿期待的吧。

就連吃下這份加了青椒的炒蔬菜，也是朝著大人更近一步的象徵。

這讓我不禁覺得，偶爾吃吃青椒也不錯。

總算來到期盼已久的教學觀摩日，野中老師向我提問。

語氣就跟她詢問其他人時一樣開朗。

「那麼，最後一位是羽瀨川同學。你將來想做什麼呢？想成為怎麼樣的人呢？」
聽到老師的問題，我也回想起剛才其他人的回答。
消防員。
足球選手。
像爸爸一樣帥氣的大人。
他們在給出自己的回答時，大家都立刻毫不吝嗇地送上盛大的掌聲。
我早已決定自己的回答。
填補自我內心縫隙的存在。
能夠填補他人內心縫隙的存在。
要是未來也能成為那樣的人——
這就是我在眾人面前拿出勇氣的第一場試煉。
「我想成為偶像，唱很多歌！」
教室瞬間陷入寂靜。
那是不同於平常的安靜氣氛，異樣的沉默。
在我說出口之後過了幾秒，漸漸湧上說不出話來的感覺。
稀稀落落的寂寥掌聲很快停下，接著可以聽見說話聲。

男生語帶不滿地說道：「可是啊——」

女生困惑地表示：「咦？羽瀨川要當偶像？」

以及少數男生的贊同：「我覺得不錯啊。」

聽到野中老師要我坐回座位的聲音之後，這才緩緩坐下。

總覺得自己的體重好像頓時增加了好幾倍。

大概可以猜想得到下課之後會變成怎樣的氣氛。

不祥的預感在幾十分鐘後果然成真了。

「啊哈哈，你竟然想當偶像喔！」

男生嘲笑我。

「我也喜歡偶像，但是羽瀨川同學完全不一樣啊。不可能啦。」

女生否定我。

「羽瀨川同學。你應該有明確的理由吧？」

老師質疑我。

「悠太，你要認真發表才行啊。」

回家之後，父母教訓我。

……雖然聽到各式各樣的話語，但是這對我的打擊應該最大。

吃晚餐時，媽媽覺得很遺憾地嘆了一口氣。

媽媽的話語讓我無法忍耐，不禁搖頭否認。

「不是的！」

「什麼不是？」

「所以說不是啊！」

但是我沒辦法好好將內心的想法化作言語說出口。

說不出來又焦急不已，眼眶泛起淚水。

我很想說不是這樣。明明想說，卻又覺得一旦開口聲音就會隨之顫抖，結果就是什麼都說不出口。

「下次還是去上班好了。」

爸爸以一如往常的語氣開口。

我察覺到那沒什麼起伏的語氣背後，隱藏著失望的情緒。

不是的。爸爸，不是這樣。我有認真發表。

我不惜熬夜認真思考未來，還是覺得自己的夢想除此之外不作他想，所以才會第一次在大家面前發表出來。

如果我說出「想成為填補內心縫隙的存在」這種話，是不是會有不一樣的結果呢？

但是我沒有勇氣打破那個異樣的寂靜。

「老師也說是很棒的夢想，課堂最後的時候——」

「你是指老師最後的收尾嗎？那是在稱讚悠太嗎？應該不是針對悠太，而是對著大家說的吧。媽媽聽起來是這樣啊。」

「……算了。」

我吃到一半便賭氣起身。

回到房間的途中，背後還傳來「趕快念書喔」這句話。

一股漆黑的情感從內心湧到嘴邊，忍不住打響舌頭取代言語。

我第一次對著父母咋舌。

但或許是因為沒有聽到，父母沒有任何反應。

這讓我感到放心，又覺得可惜。

無論如何，我的第一次反抗就在沒有任何後續的情況結束了。

隔天一進入教室，就是瞬間的寂靜與嘲笑的氣氛。

坐在隔壁的朋友莫名有些疏遠，自己在班上似乎淪為被人取笑的存在。

我知道自己說了與自己不相襯的夢想。

說想成為消防員的男生，是班上短跑最快的。
說想成為足球選手的男生，是少年足球隊的隊長。
說想成為像爸爸一樣帥氣的大人的女生，很受班上同學的喜愛。
然而我沒有任何特別之處。
照這樣看來，我確實做出與自己不相襯的發言。
可是在得到這個結論的同時，我也產生一個想法。
所謂的夢想，本來就是指與自己能力不相襯的事吧？
這樣不合理的對待儘管讓我感到生氣，卻更加覺得丟臉。
既丟臉又悲傷，不想再次體會那種心情了。
當我思索要怎麼樣才不會重蹈覆轍時，立刻就找到答案。
不要以特別為目標就好。
在抱持不算普通的想法時，不要公開自己的內心就好。
再也不要隨便暴露自己的真心。
如此一來內心絕對不會受傷。
只要能不起眼又安全，而且還算開心地度日就滿足了。
與其暴露真心結果淪為笑柄，或是被人討厭，這樣來得好多了。

我再也不向任何人吐露真心話。

雖然無法明確得知這個決定會對未來造成什麼樣的影響，唯獨不想受傷的念頭就此根深柢固。

對於自我發言的取捨與選擇。

說不定這樣的思維會朝著大人的方向更近一步。

那天晚餐的青椒吃起來比平常還要苦，我趁著父母沒注意到時偷偷吐掉了。

◇◆

到了國中二年級時。

這一天媽媽久違地參加教學觀摩。

腦中浮現說想成為偶像而丟臉的記憶，讓我輕嘆一口氣。

當我回想起過去的事時，無論如何都會覺得腦袋有點模糊。

「各位想度過一段有趣的人生嗎？」

……與剛才的想法完全相反，這個充滿希望的問題出自班導口中，我不禁皺起眉頭。

根本是為了引導至「想度過一段有趣的人生，就要秉持個人特質，所以我們要尊重彼此的個性喔」這樣的結論，才會提出這個問題吧。

一如老師的盤算，班上同學們紛紛回答：「人生當然是愈有趣愈好！」

換作是國小的我，遇到這個狀況會怎麼做？

會說出自己的真心話，換來一陣嘲笑嗎？

就在我這麼想時，剛好跟老師對上眼。

「羽瀨川覺得呢？」

老師若無其事地把問題拋給我。

我能感受到大家的目光一起集中在自己身上。

於是我以客氣但是明確的語氣回答：

「普通才是最好的吧。」

教室頓時陷入一片寂靜。

然後不知道是誰笑出聲來。

周遭的人也受到影響，一起笑了。

「果然很像羽瀨川會說的話。」「啊哈哈，我就知道你會這樣講～」

教室裡呈現出以前媽媽參加教學觀摩時完全不同的反應。

聽到我的回答，老師也笑了。

「嗯，羽瀨川正是所謂的現代孩子嘛。」

「是啊。」

……我比較喜歡這樣的感覺。

配合當場的氣氛，知道自己所分配到的角色，並以給出八十分的回答為目標。

我並非百分之百都在演戲。終究只是讓出自內心的話語配合周遭的期待而已。

當然偶爾也有失準的時候，但是只要高於平均值，就足以建立圓滑的人際關係。

這樣的做法比較符合我的個性。

「……現代孩子啊。」

我聽見後面傳來這個聲音。

回頭一看，不知道是誰的家長從我身上移開目光。

換作是國小的我，應該會覺得受傷吧。

但是現在的我不會。

因為剛才那個回答，並不是我純粹的真心話。

刻意說出口的話語，無論被人怎麼評論都沒關係。對我而言，這只不過是懷著幼稚的報復心態，想著「如果媽媽有聽到別人這麼說就好了」的素材罷了。

無意間，我剛好看見媽媽。

因為進入反抗期，父母很明顯不再那麼頻繁要求我認真念書，這時瞥見媽媽的表情，看起來也是一副無趣的模樣。

這也讓我覺得很痛快。誰教她那時候不相信小孩說出口的夢想。

如此心想的我正打算對媽媽露出笑容，然而嘴角卻不聽使喚。

我輕嘆一口氣，再次面向前方。

……其實我心知肚明。

放棄夢想的人是我自己，決定索性迎合他人的意見，封閉自己內心的原因，也是基於懦弱的自己。

其實要不是在教學觀摩這樣的場合，隨口談論未來的人一點也不稀奇。

照理來說，不應該只有我放棄夢想，封閉內心。這種事我也很清楚。

——然而已經太遲。

當時得知向他人暴露真心的風險就是一切，在那之後一路走來的人生也無法回頭。

為了不讓自己受傷而致力於圓滑處世的結果，就是從國小開始明確改變的心態。

沒辦法完全沉迷於一件事的個性大概無藥可救了。

我似乎已經形成這樣有氣無力的人格。

這就是一直過著不說真心話的日子所造成的弊害嗎？

儘管現在還留有一點擔心自己的念頭，但是總有一天會消失吧。

無論有氣無力還是怎樣，都能感受到一定程度的幸福。

摸索所有事情的折衷點，為了讓自己接受而採取行動。

我想活著大概就是這麼回事吧。

「先不管羽瀨川給出很有個人特色的回答，大家還有什麼其他意見嗎～？」

聽到老師這麼說，我的朋友們也都輕笑出聲。

我也對著朋友揚起嘴角。

在上課時的眼神交流，就是身為朋友的象徵。

光是有隨時可以說話的朋友，我就滿足了。

就算老師突然在課堂上說：「現在請同學們各自分組進行討論。」我也不曾落單，更沒有被人霸凌。

也能夠自在與女生聊天，要是還想奢求更多，那就是非分之想了。

升上國中之後，我一次都沒有受傷。

我正過著當時的自己追求的生活。

當我想著這些事時，宣告下課的鐘聲響起。

站在後方的同學家長也紛紛離開教室。

我若無其事地朝著那邊看去，已經不見媽媽的身影。
今天飄蕩在教室裡的板擦氣味，讓我覺得比平常更不舒服。

◇◆

升上高二之後，我立刻就跟那個異樣的存在說上話。
出現在我漫無目的度過的日常中，那個鮮明又強烈的存在。
獨自站在放學後的教室裡，散發孤獨氛圍的凜然背影。
美濃彩華。
就算有傳聞說她個性很難搞，卻一直是學校裡最受歡迎的女學生。
「幹嘛？」「……你到這間教室來要做什麼？」
「我今天被人告白了。」「……你不會開我玩笑啊。」
「嗯，羽瀨川同學的這種感覺很棒呢。」「從今以後請多指教嘍。」
這段交談，實際上應該只有幾分鐘。
然而就算是這麼短的時間，我也聽見她各式各樣的語氣。
警戒的聲音、覺得有趣的聲音，以及悲傷的聲音。

……不知道那個悲傷的聲音有著什麼樣的意義呢？

回家之後我想了又想，但我幾乎不認識美濃這個人，因此理所當然找不到答案。

我還不知道自己為什麼會對美濃感興趣。

隔天上學的路上，在爬坡的同時滿腦子也在想這件事。

我幾乎不曾明確感受到想跟哪個人交朋友的經驗。

平常總是順其自然地與座位附近的同學攀談，並以那個人為開端，漸漸增加一起聊天的對象。

只要交到幾個朋友，就能過上還算開心的校園生活，因此要是運氣很好，碰巧加入班上的中心小團體，那麼日子就更加快活了。

對於已經確保足夠朋友的我來說，想跟美濃這個校內最特別的學生交朋友，也算是稍微脫離日常舉止的行動。

不惜脫離常軌也想了解美濃的原因，究竟是為什麼呢？

不想莫名惹人矚目的心情，以及不想成為特別之人的想法。在我看到美濃的瞬間，完全拋開至今抱持的這些想法。

單純是因為覺得她很漂亮嗎？

還是覺得她跟自己有點相像呢？

「……嗯。」

在我想到一半時，眼睛確認到美濃的背影。

走在坡道上的美濃，難得是獨自一人。

……昨天那場偶然的邂逅之後，今天又出現這樣的機會。

這或許也是某種緣分吧。

我追了上去，接近美濃背後的同時出聲喊道：

「美濃！」

美濃的肩膀抖了一下，朝著我轉過頭來。

就算是連續兩天近距離看到，依然令人驚豔的精緻臉蛋讓我頓時愣在原地。

「喔喔。是羽瀨川同學對吧。」

「妳記得啊。這樣算是記住我了吧？」

「真是的～不要記仇嘛。」

我跟美濃打從高一就同班，但是之前幾乎沒說過話，因此邂逅那時她顯得很有戒心。

聽到我像在翻舊帳的回答，美濃不禁苦笑。

但是從她的語氣當中聽不出不高興的感覺。

「既然連續兩年同班，如此一來也得好好相處才行呢。」

「真是的，妳好意思說。」

「還好吧？」

美濃以不怎麼在意的樣子從我身上移開視線。

瞬間的緊張立刻解除。

或許是因為再次體認美濃是用她最自然的一面跟我聊天，並逕自覺得跟她這樣的一面還滿合得來的關係。

如果美濃也是這麼想，我當然會覺得很高興，但是她恐怕對我還沒有什麼印象吧。

畢竟單獨跟男生聊天這種事，對美濃來說應該是常有的事。

但是沒跟她確認過，我也無從斷言。

比起那些謠傳，自己親眼見到、感受到的才是一切。

我將這種心情化成言語說出口：

「我啊，一直在想自己為什麼會想跟美濃交朋友。」

「……一般來說會跟當事人提這種事嗎？我昨天就在想了，羽瀨川同學還滿奇怪的。」

「別這麼稱讚我嘛。」

「哇啊～有夠樂天的。」

美濃揚起嘴角，重新看著我。

我想更加了解美濃彩華的理由。

至今結交朋友的理由，都只是為了配合「一般來說大家都有朋友」這點。

然而結交朋友的理由其實應該要像這樣。不在乎別人怎麼說，憑著自己想跟對方培養情誼的意志交流，人跟人之間才會連繫在一起。

「理由是吧。難道不是因為我長得可愛嗎？」

「不，跟那沒關係。」

「喂！」

美濃吐槽了一句，噘起嘴來。

「昨天才聊過幾句，今天也太不客氣了吧。」

「我總覺得太客氣就當不成朋友了。」

美濃先是朝我看了一眼，又立刻撇開視線。

我本來想等她回應，但是沉默的時間持續了幾秒鐘。

感覺就這麼等下去美濃也不會說些什麼，於是由我開口：

「想跟妳交朋友的理由啊……搞不好是想從妳身上學到些什麼吧。這不是指成績之類那方面的事。」

美濃再次朝我看來。

那是不信任他人的眼神。

要是被人謠傳個性很難搞，說不定確實會變成這樣，但這也是跟那些至今為止相處過的人們差異最大的地方。

「我到底可以教你什麼啊？而且，原來你是抱持這種盤算才靠近我喔。」

「不，也不是因為這樣啦。更何況先待在教室裡的人是妳耶。我是值日生啊。」

「……嗯，那倒是。」

如果能透過跟美濃相處學到一點東西就好了。這是我剛才湧現的想法。

要我坦言那個時候的心境總覺得有點難為情，因此我想掩飾過去，但這似乎踩到了美濃的地雷。

彷彿看透我的想法，美濃停下腳步問道：

「羽瀨川同學的真心話是什麼？」

「咦？」

「既然想成為我的朋友，就不該對朋友隱瞞真心話啊。」

「唔……」

我頓時語塞。

剛才也並非在說謊。只是要坦白自己的真心話讓我感到難為情，而且也很害怕被她拒絕，所以才會隱瞞了一部分。

她如果是說「不要說謊好嗎」，我就能加以否認。

然而我要是否認「不要隱瞞真心話」這句話，就會成為謊言。

「妳這是什麼問法。一口氣就把我逼到無路可退。」

話雖如此，要是暴露真心也很有可能會受傷。

誰都不能保證美濃不會背叛我。

不過這時若是沒有做出任何改變，總覺得我一輩子都會是這副德性。

不相信任何人，也不被任何人相信。

至今為止覺得這樣也沒關係。

但是真正的我——

「少囉嗦。所以是怎樣？你要是沒在三秒內回答，我就自己上學了。」

「因為我對美濃感興趣，總覺得跟妳相處好像會很開心！」

「天啊，竟然真的講了……」

「妳這傢伙！」

我忍不住如此吐槽，連忙摀住自己的嘴。

環視四周，只見不認識的學生們紛紛朝我看來。

……糟了。

正當我在內心感到懊悔時，美濃突然笑了。

「啊哈哈，你這種個性很好啊。這就是你最自然的一面吧？嘴巴確實有點壞，但是我滿中意的喔。」

「咦？啊，不……沒這回事。」

她瞬間就接受了自己的真心話，這個出乎意料的反應反而讓我不禁猜疑。

真的只是這樣就能成為推心置腹的朋友嗎？

要是被她背叛──

「欸。」

她朝我的胸口推了一把。

我在坡道稍微踉蹌，往後退了兩三步。

「我想跟剛才那個你交朋友，才會帶著『請多多指教』的意思那麼說。快滾出來啊，『昨天』那個羽瀨川悠太同學。你不是這種想東想西，還會隱瞞真心話的人吧？」

聽到她這麼說，我抬眼一看。

燦爛的朝陽從美濃的頭上灑落。

看著美濃彩華沒有一絲陰霾的表情，我也下定決心。

至今為止沒有任何人對我說過這種話。

我想賭一把。

如果因此被騙，那就會一輩子不相信他人。

美濃身上就是具備某種即使伴隨這樣的風險，也讓我覺得被騙都無所謂的特質。

「……很可惜的，會那樣想東想西的人也是我。如果我們成為朋友，妳也會連這個我都接受嗎？」

美濃眨眨眼睛，接著以無所畏懼的表情揚起嘴角。

「那當然。因為你是我的朋友啊。」

「這樣啊。那麼我真的不會跟妳客氣喔。」

「很好。反正我也不會客氣。」

「……那麼以後就叫我羽瀨川吧。也算是成為朋友的象徵。」

我也露出微笑，與美濃並肩向前走。

第一次跟她並肩同行的我，冒出一個直覺。

「不需要什麼朋友的象徵吧。而且你也沒經過我的許可就叫我『美濃』了。」

「不要記仇嘛。」

「我才第一次說好嗎！」

美濃激動地加以反駁，接著搖晃肩膀笑了起來。

這是我第一次近距離看見美濃的笑容。

——一個類似願望的直覺掠過腦中。

即使我暴露真心，美濃也願意接受。

像這樣的存在，等到長大成人之後肯定會成為珍貴的資產。

……不知道長大之後，我跟美濃的關係會不會持續下去呢？如果會的話，那就是爸爸曾幾何時說過的「一輩子的朋友」吧。

這或許不是對一個剛成為朋友的人該有的情感。

但也不是會遭人責怪的事吧。

至少現在走在身邊的朋友肯定不會取笑這個想法。

「嗯？你在看什麼啊？」

距離脫掉這身制服剩下不到兩年的時間。

從這天開始的未來，無論好壞，想必都有刺激的每一天在等著我。

正因為過著真正的時間，才會伴隨風險。

但是我想相信會得到更大的收穫。

「不，沒事。接下來也請多指教嘍。」

「……嗯，請多指教。」

燕子在眼前低空飛過。

總覺得可以聽見青春揭開序幕的聲音。

◇◆◇◆

之所以可以建立真正的人際關係，肯定是在認識了彩華之後。

我不知道就算自己敞開心房，對方是否也會真心回應。

但是我理解到只要自己不肯敞開心房，對方就不會回報真心。

不用那麼裝模作樣也沒關係。

以真正的自己度過的時間。

正因為有過這段時間，才能形成現在的我。

再怎麼樣也稱不上是優秀的人，但是至少成為一個能度過幸福時光的人。

升上大學之後，我認識了藤堂。還認識了美咲，認識了大輝。

也認識了——讓我思慕的前女友禮奈。

在聖誕節時期認識真由。

還認識禮奈的摯友——那月。

往後想必還會認識更多能與我推心置腹的對象。

以經歷過那樣彆扭的國小時期來說，這樣算是滿正向地長大成人了。

我的交友圈本來就不像彩華或是真由那麼廣。

正因為如此，總算結交到的親近友人，真的稱得上是珍貴的資產。

既然寶物有可能毀壞，那麼我就想包起來加以珍惜，不要暴露在危險之中。

如果是不知道會因為怎樣的差錯而碎裂的寶石，那麼我想收進保險櫃裡。

膽小的自己不斷說著：「給我維持現狀。」

但是我心知肚明。

我們已經來到無法回頭的地方。

究竟是因為什麼契機才會變成這樣，這種起因只不過是瑣碎的問題。

未來的關係託付到現在的我手上。

這無論如何都是不變的事實，而且還是難以察覺又無法掙脫的事實。

要是在產生自覺的狀態下茫然任憑時間流逝，真的總有一天會變成假的。

為了讓這段真正的時間可以延續下去，現在的我能做的是——

腦中浮現禮奈的臉。

再一下，再一下就好。

有個人不斷再說，稍微維持現狀。

——是我的軟弱說的。

至今為止的維持現狀，只不過是在逃避。

在不經意見到未知的一面時，兩人的關係都向前踏出一步，我卻裝作沒有看見。

這個決定究竟是吉是凶？

我想知道，同時也害怕知道。

想知道卻無法踏出一步地進退兩難，至今都讓我苦惱不已。

但是，已經夠了吧。

像這樣摸索抵達的目的地，人各有異，不實際抵達是不會知道的。

要是害怕壞結果，任何事都不會改變。
唯有相信是好結果並向前邁進，真正的時間才有辦法延續下去。
那才是真正必須維持的狀態。

禮奈向前邁進了。
真由想向前邁進。
彩華給了我向前邁進的契機。

所以我不再逃避。
不再藏著寶物，攤在陽光下的時候到了。
我也應該向前邁進。
這也是為了往後能夠度過真正的時間。

★第10話　蘋果的香氣沾濕了臉頰

放在口袋裡的手機傳出「嗡嗡」的震動聲。

不知道眼前緩緩流逝的景色已經過了多久。

看了一下手機，發現是彩華傳的來訊息。

『昨天謝謝你。』

簡短的文字。

沒有任何表情符號跟貼圖，乍看之下好像很冷漠的幾個字。

沒有任何修飾的赤裸言詞。

——我們建立起貨真價實的關係。

這已經是好幾年前的事。

……彩華。

「不好意思，結果今天變成只讓你陪我回來。」

這時，思緒被拉回現實。

我眨了眨眼睛，從流逝的景色當中拉回視線。

身旁的志乃原一臉陰鬱地低著頭。

從未露出這種表情的學妹，似乎正在低聲向我道歉。

我們正在回程的電車上。最後一節車廂空空蕩蕩，不見其他乘客。

隔著玻璃窗再次看向外頭的住宅區，同時緩緩搖頭。

「妳幹嘛道歉啊。我覺得很開心喔。」

「真的嗎？」

列車「喀噠喀噠」搖搖晃晃。

因為舒服的晃動頻率感到有點睏的我朝志乃原看去。那雙沒有任何陰霾的大眼睛筆直地看著我。

「……對啊。而且妳至今都沒提過父母的事吧。我還是第一次聽說。」

「嗯。說穿了，我是刻意迴避這方面的話題。」

「我想也是。」

第一次聽她提及自己的父母，是在梅雨季時。

當她對我訴說跟彩華之間的過去時，也有稍微提到她的父母。但是有了今天的經驗，我就能知道她當時迴避了關於父母的事。

「但是今天我希望學長可以多了解我一點。」

「……這樣啊。謝謝妳。」

聽到我道謝之後，志乃原發出「咦！」的驚呼聲。

「怎麼了，我說了什麼奇怪的話嗎？」

「沒有，就是……你剛才說很開心，沒想到還向我道謝……這麼一來，今天不就是我單方面把學長捲進來而已嗎？」

「跟平常差不多吧。」

「我跟彩華學姊之間的勝負，也跟學長沒關係啊。」

「有關係吧。」

「請你不要全盤否定好嗎！」

「不然要我怎麼樣！」

志乃原噘起嘴巴，把臉撇向一旁。

看到她時不時流露的幼稚舉動，我也聳了聳肩。

關掉手機螢幕之後，任憑它滑進口袋裡。

從掌心滑下去也沒多少距離，但確實有個沉甸甸的重量感。

這讓我感覺到積年累月的深厚情感凝聚其中。

「學長？」

「……總之，妳不要大聲嚷嚷。就算沒有其他乘客，我們還是在搭電車。」

「……既然沒有其他人就沒關係吧。講太小聲會被車子的聲音蓋過。」

「話是沒錯。」

原本打算繼續說下去，還是嚥下幾乎脫口而出的話語。

因為志乃原緊抓包包的背帶，有些消沉地低下頭，看來很懊悔今天這個計畫的樣子。

對我來說明明挺有意義的，擬定計畫的當事人如此消沉也太奇怪了。

我輕輕對準她的額頭彈了一下，志乃原說聲：「好痛！」並鼓起臉頰。

「唔！學長，你最近稍微收斂的家暴傾向又復發了嗎！」

「笨蛋，我什麼時候使用暴力了？」

「現在！就在上一秒！」

我隨口說聲：「抱歉抱歉。」向她謝罪，重新看向外頭流逝的景色。

照這樣看來，應該很快就會重回平常的高昂情緒吧。

比起之前體驗交往時更加了解志乃原，真是太好了。要是知道我抱持這樣的想法，她會怎麼想呢？

在我如此思考時，發現外頭景色流逝的速度變得比剛才緩慢。

窗外可見的景色從洋房變成磚瓦屋頂的住家與木造公寓。跟志乃原爸爸居住的住宅區相比，明顯都是屋齡較久的房子。

列車在寂寥的車站月台停下，旁邊的車廂也不見有人下車的樣子。

同時也沒有任何乘客進入最後一節車廂，看樣子還能繼續獨占這個車廂五分鐘左右。

當電車噴出大量的煙，景色再次開始流轉時，志乃原靜靜說道：

「不好意思。還是不該帶你去見爸爸的。」

「啊？為什麼啊？」

「因為學長一直都心不在焉啊。今天明明就是寶貴的一天……」

從剛才開始，志乃原就露出難得的消沉模樣。

看來很少意志消沉的志乃原，一旦變成這樣就要很久才能打起精神。我搔了搔頭，眼睛看著志乃原。

「妳在說什麼啊。伯父給了我很多意見，真的讓我受益良多喔。」

「……重點不在於你得到什麼建議。而是在那之後學長都沒把注意力放在我身上。」

「不，我還滿注意妳的啊。證據就是伯父偷偷給我看了妳小時候的相簿。」

聽到這句話，志乃原眨了幾下眼睛。

好幾秒鐘沒有任何回應，應該是因為要花點時間消化剛才聽到的話吧。志乃原的臉瞬間變得愈來愈紅，接著抱頭大喊：

「——咦！為、為什麼？請等一下，為什麼要在我不知道的時候看什麼相簿啊！」

「超級可愛的。雖然是我至今最能坦率說出口的，但是剛上小學的時候真～的長得好像洋娃娃。」

「欸嘿嘿，好開——不對！咕……既然被稱讚可愛就沒辦法直接生氣……！但又不知被看到怎樣的照片——」

「啊～像是裸照之類的？」

「學長現在立刻跳車。馬上！」

「好痛好痛，我開玩笑的啦！」

難得被志乃原緊緊抓住手臂，我立刻投降。

實際上看相簿的時間不到五分鐘，志乃原擔心被我看到的照片一張都沒有。不如說全都是拍得很好的照片。說不定那些都是伯父精挑細選出來自己看的，但是這種猜測不用特地說出口也沒差吧。

「對不起嘛。」

「噗伊！」

「不要把狀聲詞說出口。」

「噗噗伊。」

撇過頭去的志乃原，臉頰因為空氣鼓了起來。

在我覺得似曾相識的同時伸手戳她的臉頰，空氣伴隨「噗咻！」的聲音吐出。

食指傳來的感觸還是一樣柔軟又有彈性。

「噗啊。」

「……我覺得這不是可以在外面做的事吧。」

「現在可是室內。而且也沒有其他乘客，所以實質算是我家！」

「這是哪來的孩子王邏輯啊！」

我聳了聳肩，打算走到座位坐下。

但是邁出腳步不到幾秒，就被志乃原抓著衣領制止。

「等一下，學長。我們要在下一站下車喔。我想帶你去一個地方看看。」

「咦，不是要回去了嗎？」

「學長，不要馬上就想回家！我們的戰鬥現在才要開始喔！」

「所以是要中斷連載了……？」

「拜託不要說那種不吉利的話！」

志乃原生氣大喊的聲音響徹整個車廂。

這時傳來列車到站之前的廣播。
看著車速漸漸放慢，車門沒過多久就打開了。
「走吧，下車囉～」
「好啦。反正我本來就決定今天是休假日了。」
求職確實重要，但是我也很珍惜這段關係。工作雖然要緊，也是有其他更重要的事。
看著稍微順從的我，志乃原說聲：「真不愧是學長。」一臉很滿意的樣子。
……想帶我去看看的地方啊。
離開志乃原爸爸的家還不到半小時，或許是與她有點淵源的地方吧。
我不太了解志乃原的過去。
今天跟伯父聊過之後確實得知許多她的情報，但是應該不及彩華與明美的了解程度。
但是這件事本身並非是什麼大問題。
更重要的是我們一起累積的時間，還有接下來要累積的時間。
單純把這趟回歸視為替今天收尾，這麼輕鬆的解釋剛剛好。
「……學長，要不要邊走邊聊呢？」
「我們隨時都在聊天吧。」
「討厭～我的意思是有事想說啊。我有特別想跟學長說的事啦！」

志乃原將ＩＣ卡靠上閘口，同時語帶不滿地說道。

我也跟在學妹後面走出車站。

由於停靠這站的列車比剛才那站還多，往來的行人也多了很多。

一出到車站，率先進入眼簾的是感覺很有歷史的商店街。商店街的入口很有威嚴地矗立在馬路對面。

中學時代的志乃原會不會經常在這裡玩呢？

不過一踏入商店街，只見稀稀落落的行人及腳踏車經過，店家幾乎沒有營業。

碰巧有在營業的店家也是千圓理髮跟二手書店，四處不見時下中學生會去的娛樂場所。

「妳以前很常來這裡嗎？」

「不告訴你～」

志乃原如此回答之後，舉起雙手伸展身體。

這個動作扯動衣服並且強調豐滿的胸部，於是我將視線轉向前方。

過了不久，視線角落總算看見志乃原將高舉的雙手放下。

……最近愈來愈難抵抗這股重力的吸引。

「學長，你剛才在看哪裡？」

「明明是商店街，人還真少耶～」

「就是說啊～算了，現在這點不重要。」

像是看穿我蒙混過去的說詞，志乃原不滿地如此回答。

換作是平常應該會更加糾纏不休，但是她此時想說的話似乎優先度更高。

然而那又是可以邊逛商店街邊說的事，因此我很難預測她究竟想說什麼。

「所以，妳這麼鄭重其事想說的究竟是什麼？」

「請不要催我嘛～」

志乃原在一旁露出笑容。

但是她的嘴角很快往下彎，接著開口：

「學長。我最近變得很普通呢。」

「什麼意思？妳想說自己本來是個怪人嗎？」

「啊哈哈，嗯，搞不好喔。」

緩緩向前走的志乃原繼續說下去。

「學長，你覺得什麼是普通呢？我平常也不會特別留意，很普通地一直講著普通這個說法就是了。」

「妳現在是故意濫用吧，聽起來超難懂的！」

我吐槽了刻意拋過來的這句話，志乃原覺得有趣地笑了，接著聲音有些顫抖地說道：

「簡單來說，我只是想知道學長如何解釋『普通』而已。」

「喂，真難回答啊。」

「哎呀哎呀，別這麼說嘛！」

……普通啊。

無論要對這個詞下什麼定義，都沒必要執著於「普通」。

只要是為了維持自我，有必要時也得跳脫「普通」的框架。

一邊眺望反射月光的海面時，彩華教會了我這件事。

如果一言以蔽之，就只能把當時的話照搬過來了。

「大概是周遭的平均值吧。」

「平均值……嗎？」

「嗯。即使如此，也沒有什麼優劣就是。應該說這個問題本身就太籠統了。」

像這樣廣義的問題，肯定給不出志乃原想要的答案。

志乃原想問的，一定是更具體的事。

我覺得志乃原口中的「普通」，與彩華之前談論的不太一樣。

「嘿嘿，我想也是。」

聽到我的回應，志乃原以開玩笑的模樣輕敲一下自己的額頭。

——那個表情帶著刻意的神色。

掩飾在一如往常的笑容底下，那樣的情感是——恐懼。

對本人來說應該是難以啟齒的事吧。

我等待志乃原開口，但她只是沉默前進。

這時，感覺到身旁的她吸了一口氣。

側耳傾聽她接下來要說的話。

「算了，感覺會讓氣氛變差，還是不說了！學長，前面有一間很棒的店喔。他們家的糰子很好吃～如果你還吃得下我就請客！」

「……」

我看向志乃原。

說真的，我確實感到猶豫。

要是順著她的意思換個話題繼續散步，想必會是一段愉快的時光。

不如就這樣輕鬆切換話題，更有可能讓這一天有個漂亮的結尾。

但是志乃原不常像這樣鄭重其事地開口。要是錯過今天，可能再也沒有機會了。

現在這個瞬間，是我更進一步深入了解志乃原真由這個人的不可或缺的機會。

腦中浮現這樣的直覺，而且無法拋開。

如果是以前的我在面對志乃原時，應該不會勉強她說。

自己在心中拉出界線，刻意秉持「如果本人不想說就不多問」的原則。

我第一次對志乃原放下這個原則，是在梅雨季詢問她國中時代的事那時。

雖然是基於好幾個原因才放下這個原則，但是彩華的提議占了很大一部分。

儘管也存在想更加了解志乃原這個理由，光是如此還是無法促使我採取行動，才會一直拖到錯過發問的時機。

唯有在面對彩華時，我才會有些勉強地追問下去。

我本來以為那是因為我跟彩華有著一直以來累積的時間。

——但是並非如此。

只是因為我很重視彩華，才會採取行動。

而且志乃原無疑也是我重視的人。

所以就算是難以啟齒的事，我也想要問。

想要彼此展露無法讓別人看見的一面。

認識至今已經快要一年。

我們已經建立起「這樣的」關係。
足以相信我們之間有著這樣的情誼。
「我想更加了解真由。」
「咦？」
「真由，妳為什麼會執著於普通呢？」
志乃原的笑容僵在臉上。
又「隱藏」了。
這次隱藏的情感是緊張嗎？
「──從、從小就是這樣了，突然要我回答……」
「那就跟我說吧。小時候的真由是怎麼想的？慢慢講也沒關係，我想聽真由自己說。我想更加了解志乃原真由這個人。聽妳說完再去吃糰子吧。」
志乃原在商店街停下腳步。
我朝著身旁看去，只見志乃原滿臉笑容。
「……我好開心。沒想到學長竟然……會這麼直接對我說。」
「……這很普通吧。」
「欸嘿嘿。那麼能成為這樣的普通，我覺得很開心。哎呀～普通真是好東西呢！」

「好了，繼續說下去吧。」

我看著前方邁開步伐，斜後方的志乃原便語帶捉弄地說道：

「學長害羞了！好可愛喔學長，好可愛！」

「不要說我可愛！男人比較喜歡被人稱讚帥氣！」

「學長好帥！」

「妳還是別說了！」

志乃原一邊開口一邊在我的左右兩側繞來繞去，我也只能舉起雙手投降。

她把話說得這麼直接，我也不知道該如何反應。

「咦～總覺得學長今天更可愛了，我想好好疼愛一番耶。」

「妳要是再說一次就揍妳的頭喔。」

「那已經不是傲嬌了……」

「開玩笑的。」

志乃原有些傻眼地說聲：「天啊，這算什麼逃避方式……」然後才為了重拾情緒般呼出一口氣。

「執著於普通的理由嗎？我很少對別人說這種事。而且也不是想特別說清楚的事。」

「那就算了。」

「我亂講的，學長另當別論，拜託你聽我說，拜託你表現得有點興趣！」

「我知道了，妳很恐怖耶——唔喔！」

我勉強接住氣勢十足地從旁邊跳過來的志乃原，然後利用離心力側轉了一圈。

志乃原大概是對我抱持全面的信任才會朝我跳過來，回到原本的位置之後，只見她發出純粹感到開心的笑聲。

等一下一定要告誡她這樣總有一天會出事，所以別再這樣做了。

「哇哈哈，落地成功！」

「妳啊……」

「暫停！我現在要開始講非常重要的話。」

我實在很想說，那就不要做多餘的事。

但是每當志乃原要說重要的話時都是這麼旁若無人，事到如今也沒什麼好說。

我並沒有深究，只是說聲：「好啦。」點點頭，不甘願地聽她說下去。

志乃原也露出微笑，像是在學我一樣點了點頭。

「……我小時候呢，總是覺得身邊所有人都過著比我美好的人生。」

我的心臟用力跳了一下。

因為覺得那是過往的自己曾經抱持的情感。

「原因可想而知，契機就是父母離異。」

志乃原像在強調事到如今已經不會在意這種事，露出開朗的表情繼續說下去。

「當大家都很有志氣地說要以有趣的人生為目標而努力時，只有我打從一開始就選擇維持『普通』的現狀。按照老師的說法，這叫缺乏上進心！啊哈哈。」

「一點也不好笑吧。真虧妳有辦法用這麼高昂的情緒說出口。」

「唔，學長閉上嘴巴。我正在說超嚴肅的話題。」

她的語氣絲毫沒有嚴肅的感覺。

但是我乖乖依照她所說的閉嘴。要是隨便插嘴，可能就會偏離到完全無關的話題，然後再也拉不回來。

我也明白這個學妹是替我著想，才會刻意表現開朗的一面。

志乃原微微揚起嘴角，將視線拉回前方。

「而且，我並沒有因為只有自己覺得普通才是最好的而特別感到孤獨。當周遭的人都拚命專注於念書或玩樂時，我就這麼漫無目的又有氣無力地度過。雖然內心有股茫然的焦躁感，但也不知道該怎麼解決，所以也只能裝作沒有發現。」

……原來志乃原也有過有氣無力的時期啊。

言行很符合天真爛漫這四個字的她，也不是打從出生起的個性就是這樣。

度過了很多年，接觸各式各樣的事物，這才成為現在的志乃原真由。

我再次體認到這一點。

「但是風向卻在不知不覺間改變。回過神來，我發現周遭的人幾乎都是『就算普通也沒關係～』這樣的原則。你覺得這是為什麼呢？」

她突然拋來這個問題，讓我為之苦惱。

……她現在說的這些話，全都能套用在自己的過去。

我不再談論夢想的契機是國小時發生的瑣事，但是回過神來，與他人的對話當中確實不再提及夢想這個說法。

到了自然而然會看到不景氣的新聞的年紀時，感覺認為自己可以過上平凡生活就好的人確實變多了。

拿自己跟那些出現在新聞媒體或紀錄片中的人相比，就覺得自己身處的立場其實還不錯。可以很平凡地去上學，很平凡地跟朋友一起玩。

這個狀況指示的答案就是……

「因為『普通』這個說法，可以替換成『滿幸福的』之類的嗎？」

志乃原睜大雙眼。

注視著我幾秒鐘的志乃原緩緩點了幾次頭。

「……嚇我一跳。我也是這樣想的。這個意見竟然跟學長一樣，讓我覺得超開心。我們都是怪人，個性都有點扭曲呢。」

「不要說得這麼自卑。我可不覺得自己有多扭曲喔。」

「真的嗎？」

「只有一點。」

「啊哈哈，學長真老實！」

志乃原開心地拍了拍手。

見到她露出神清氣爽的笑容，我也揚起嘴角回應。

志乃原點點頭，繼續說下去。

「隨著年紀增長，就會透過各種事情得知普通到底有多辛苦。我想大家可能都下意識認為『這個世道真的很艱辛！』吧。」

「……是啊。我國中時也是這種感覺。」

我有辦法說現在的自己並非如此嗎？

只是找到努力求職的理由，就算是對未來抱持希望了。

唯獨認為維持現狀比較好的這一面，依然根深柢固地留下。

我不覺得這樣不好。對於現在的我來說，維持現狀代表的意義不同於過往。

「……特別的人就去盡情追求有趣的人生。至於我們這種沒有特別強項的人，只要努力維持普通的狀態就好。」

志乃原張開雙手，抬起頭來。

「一旦這麼想，就會覺得自己像是第一個找到寶物的老手，開始覺得人生過得還算開心。不過當我察覺沒有成為自認的『普通』而感到焦急時，就被明美學姊痛毆了一頓。」

「痛毆……」

我一時不知如何回答。

但是志乃原笑了出來，若無其事說道：

「這只是比喻喔，請別擔心。要是真的引發暴力事件，彩華學姊應該也會直接介入這件事吧。」

「……什麼嘛，不要嚇我。」

一方面這麼抱怨，我也覺得有點放心。

不只明美的事，而是察覺志乃原內心想法的關係。

剛才這段對話，在在證明志乃原已經可以將自己國中時代的事當成玩笑話來說。

有可能是為了讓我放心才刻意這麼說，但是無論如何，都是之前的她難以想像的事。

志乃原的改變讓我的心也跟著溫暖起來。

當我沉浸在這樣的感慨裡時，志乃原對我說道：

「如此一來，我也說出關於自己的原則……可以像這樣對學長傾訴任何事，讓我覺得很幸福喔。」

「……謝謝妳願意告訴我。」

這是不帶絲毫虛假的謝意。

是不需要經過思考就說出口的感謝。

並非出自制約的話語。

簡直就像本能超越理性脫口而出，確實會留下刻印的發言撼動志乃原的耳膜。

志乃原像在細細玩味似的，隔了一會兒才開口：

「……學長。你還記得摩天輪上的事嗎？」

她的語氣十分平靜。

那是讓人聯想到夏天尾聲，聯想到秋天開端的聲音。宛如舒適的溫度一般，令人舒服的聲音傳入耳中，震動我的耳膜。

「——請你不要改變。我總有一天會說出不希望你改變的理由。」

「……妳的確這麼說過。」

現在回想起來，大概就能想像她這麼說的意圖。

像是父母離異，以及跟彩華之間的過去。

因為對志乃原而言的變化，至今都只有讓狀況變糟。

當我如此心想時，志乃原說聲：「那些確實也包含在內啦。」

「……我什麼話都還沒說耶。」

「總覺得可以理解。你是想到離婚或國中時的事這類契機吧。」

「唔……」

被她一語道破，我不禁陷入沉默。

志乃原覺得很有趣地笑了起來。

「那些事情確實也是原因之一。但是最大的理由在於當時的我還有一點點不安。學長要是有所改變，會不會隨著愈了解我，就愈嫌麻煩而離我遠去呢？」

「怎麼可能——」

「嗯，不可能有這種事！」

伴隨這個回應，志乃原繞到正前方與我面對面。

然後就伸出雙手放到我的肩膀上，輕輕拍了兩下。

「不只是在那之後你立刻斷言很珍惜我而已。無論當我跟你說了國中時的事，還是做出帶你去見爸爸這種超級難以置信的舉動，學長都沒有表現出會離開我的感覺嘛。唯一讓我產生這種感覺的，是不久之前的事。」

志乃原由下往上瞪了我一眼。

我不禁心生動搖，撇開視線。

以想成為了不起的大人這種想法為優先，導致一時與她變得疏遠。即使如此，志乃原還是會跑來我家，還是會主動聯絡我。

……現在想想，我不但羨慕志乃原這樣自由奔放的個性，也很喜歡她隱藏在自由奔放之後的溫柔。

我面露苦笑，並且拉回視線。

「對不起。」然後向她道歉。

我將內心湧現的滿滿心意，傾注在簡短的三個字裡。

大概是這個部分的心意傳達出去，只見志乃原搖了搖頭。

「……沒關係。正因為我知道學長的個性，才能靜待那段時間過去。而且有你的信賴，我現在才會像這樣一五一十說出來。」

「……這樣啊。」

我揚起嘴角，觸摸志乃原的右手。

我知道自己的手掌傳出一股熱意。

也知道志乃原的手背傳來一股熱意。

「……所以，既然都說得這麼明白，我能順便再說一件事嗎？」

志乃原的臉上泛起緋紅。

染紅臉頰的橙色，遠比楓葉還要淡。

即使如此，看在我的眼中還是相當鮮豔的色彩。

——啊啊，是這樣啊。

「我最喜歡普通了。至今一直都想過著普通的日子。」

志乃原的櫻色雙唇張開。

她將一度吞回去的話，再次朝著秋季天空開口：

「如果是跟學長一起，就算不再普通也沒關係。」

跨越恐懼及憂慮，志乃原真由如此說道。

「普通與否這種事怎樣都好。全都無所謂。只要跟學長——」

我正想開口時，志乃原伸出食指阻擋我發言。

被堵住嘴巴的我，只能等待志乃原繼續說下去。

同時對於自己的答覆遭到妨礙而感到一絲悔恨。

但我不覺得這時甩開志乃原的手，開口做出回答是正確的選擇。

現在一定輪到志乃原了。而我……

轉瞬之間浮現各式各樣的心情，但是還沒成形就逐漸消去。

「今天的我，還有另一個『約定』。我還想當個好學妹。所以這是我盡全力的表現。」

志乃原從我身邊往後退一步，仰望天空。

好似看見一片在旁邊隨風搖曳的楓葉，那樣的秋季天空。

紅色蜻蜓在空中盤旋，催促著回家的時間到了。

「……我們回去吧。」

「也是。」

今天似乎不會來我家。

果然藉著這兩天，「我們」——

「——悠太學長。」

這個瞬間，思緒停頓了一下。

有種感觸貼上臉頰。

換作平常，應該是她的食指。

轉個頭就戳到臉頰，那種有如兒戲的肢體接觸。

然而今天並非食指。

腦中浮現摩天輪的光景。

那是她的嘴唇。

即使只是幾秒鐘的事情，太過貼近的氣息也切實傳了過來。

比起摩天輪更久了一點的吻，讓我有種發麻似的感受。

「……嗯。噗哈。」

志乃原的氣味就此離開。

她用手指撫過沾濕的臉頰，面露挑戰的笑意。

「……真、真由——」

「我是壞孩子嘛。從明天起，我會去贏得勝利。」

志乃原真由自信滿滿地露出了笑容。

這讓我回想起去年的聖誕節。

過去的柔弱笑容就像泡沫一般消逝。

秉持率直真心的學妹，露出凜然的表情如此宣示。

像是要驅散自己的脆弱。

也像是要驅散我的軟弱。

「我會讓學長幸福的。」

眼前閃過過去的情景。

那是曾幾何時，我對她……

「……謝謝。」

這個吻在心裡掀起的波濤，比在摩天輪時更加平靜。

想必是因為這並非意料之外。

儘管有這樣的預感，我今天還是來到這裡。

來見志乃原真由。

我也揚起嘴角，對著真由笑了。

「一般來說，講這句話的立場應該相反吧。」

真由紅著臉頰彎起嘴角。

「又沒關係。反正我們一定不普通。」

我想要說出口的回應，又再次被真由堵上。

第二次落在臉頰的吻。

總覺得帶有剛才吃的蘋果的香氣。

終章

跟漫漫秋夜不相襯的門鈴聲在家中響起。

我睜開沉重的眼瞼，但在一片黑暗之中，視野並沒有太大的差別。

然而門鈴再次響起，讓我確定不是自己聽錯。

跟真由道別之後，我的記憶就有點模糊不清。

我在太陽西沉的傍晚時分回到家，好像在茫然之間不小心睡著的樣子。

看向窗外，只見夜色不知不覺變得又深又沉。

有點不高興的我在黑暗中摸索。

點亮電燈，頭也痛了起來。

很久沒有好好休息的腦袋似乎還在難堪地渴求睡眠的樣子。

我踏著不穩的步伐向前走，穿上有點涼意的拖鞋。

然後打開門。

「嗨。」

「……彩華。」

我鬆了一口氣。

我覺得現在要跟真由見面還太早了。

為了整理腦中的思緒，至少需要西沉的太陽再次探頭的那段時間。

染得通紅的楓葉落在完全西沉的太陽帶來的黑暗之中。

站在走廊上的彩華若無其事地開口：

「可以進去嗎？」

畢竟是夜晚，她壓低聲音發問，「喔。」我也小聲同意她。

讓彩華進到家裡，關上門。

一陣冷風也隨之吹進屋內。

「欸，可以進去嗎？」

站在脫鞋子的地方，彩華再次對我發問。

我的嘴邊浮現笑容，先一步進入家中並且回答：

「可以啊。又不是第一次來了。而且前幾天才剛來過。」

無論多少次，都能讓對方進到家裡的關係。

豈止如此，我們可是摯友。

只是讓她進到家裡，根本算不上什麼。
我的視線不經意地看向時鐘。
然後睜大雙眼。
指針走到上方交疊的位置。
凌晨十二點。
還沒完全清醒的腦袋重複著一句話。
——從「明天」起，我就會去贏得勝利。

「悠太。」

彩華呼喚我。
我朝她的方向看去。
一身白皙的肌膚。
夜晚之所以這麼昏暗，肯定是被她吸走陽光的關係。
彩華的額頭近在眼前。
彩華的鼻子近在眼前。

彩華的雙唇近在眼前。
彩華近在眼前。
「……唔！」
這次不是耳朵。
這次也不是臉頰。
「……嗯。」
沾濕了嘴唇。
在極近的距離傳來彩華性感的聲音。
甜美的氣息。
甜美的感受。
就像吸走彩華呼吸的氧氣一樣，也像是她把我的氧氣吸走。
儘管只是貼在一起幾秒鐘，也足以令我驚愕不已。
我離開彩華身邊，伸手觸碰自己的嘴唇。
渾身的氣力逐漸流失。
「……你有點太天真了。」
「什、什麼——」

「你誠摯面對了禮奈。也面對了真由。你真切面對每一個人，努力維繫起更加完善的關係……這確實很像是你會做的事。」

我為了控制內心的動搖打算換個地方，彩華跟了上來，依然跟我保持在極近距離。

當我們再次面對面時，彩華伸出食指抵住我的胸膛。

「……我認為我們一直在一起。」

「難、難道不是嗎？但是，不對，剛才——」

「心境確實如此。但是啊……」

彩華抬起頭來。

「我是否真的可以一直待在你身邊，又是另外一回事吧。」

彩華再次踮起腳尖。

把臉湊近，彼此的呼吸落在對方臉上。

在鼻子幾乎碰在一起的距離，彩華繼續開口：

「無論如何我都不會離開。無論你怎麼對待我，都已經不打算離開。就算我們維持摯友的關係，這個願望想必也會實現。然而『密度』大概截然不同。」

彩華露出溫柔的笑容。

「如果與你之間的距離還有一點空白，那我想完全填補起來。」

名為摯友的關係。

想看看在那之後的關係。

我這麼想過好幾次。

打從今年以來，包括溫泉旅館那次在內，多了許多思考我們未來的機會。就連前幾天也在思考。

美濃彩華當時得到一個結論。

不，她說不定在更早之前就察覺了。

那就是——

「——悠太。我喜歡你。我愛你。」

彩華再次堵住我的嘴。

那是一記很長、很長的吻。

昨天的氣味逐漸消除。

昨天的記憶逐漸褪去。

彷彿腦中的一切全都替換成彩華。

就是這麼強烈的吻。

然後緩緩朝後方倒下。

伴隨床鋪的嘎吱聲，燈光也跟著暗去。

後記

非常感謝各位這次也購買本作。我是御宮ゆう。

這是系列第七集。距離完結只剩下一集。

多虧有各位的支持，《小惡魔學妹》系列才能持續走到這一步。我每天都對看到後記的讀者們抱持深深的感謝。

那麼，各位覺得第七集怎麼樣呢？

到了第七集，女主角們之間的關係有了變化。但焦點終究還是擺在悠太與女主角的關係。這次應該有著跟第六集一樣，甚至更大的改變。

其實終章本來有兩種想法。我一邊寫著第七集的原稿，直到第九章都還沒決定要採用哪一種，作者自己也是以猶豫不決的態度寫下去。

但因為她選擇採取更加強烈的舉動，促成了本系列最能推進故事的終章。這就是作者們常說的「角色自己動了起來」的現象。

悠太、真由、彩華，還有禮奈。接下來我也會貼近他跟她們的心境，繼續寫這個故事。

希望各位可以看著這四個人做出各自的決定直到最後。

最後有個令人開心的通知。《小惡魔學妹》的漫畫版第二集預計在十二月下旬上市（註：本文提及的時間皆為日本出版情形），與此同時……也決定在YouTube改編有聲漫畫！會有聲音！我搶先享受了一下，配得真是太棒了……

另外，我在MF文庫J也有新的創作企畫正在進行！大概會在春天之前推出吧。這些作品如果能讓各位看得開心，對我這個作者來說就是無上的榮幸。

接下來是謝辭。

K責編，這次也跟第六集一樣，糾結內容到了截稿前一刻。如果能夠因此寫出一段引人入勝的故事就好了。真的非常感謝您的支持。

負責插畫的えーる老師，謝謝老師每次都替本作畫出這麼美的插圖。一想到與えーる老師筆下的《小惡魔學妹》角色共度的日子即將結束就讓我感到很寂寞，但是可以跟老師努力到最後的我真的非常幸福。

最後是各位讀者，真的非常感謝大家一直以來的支持。多虧如此，《小惡魔學妹》的世界才能走到最後。

為了能與更多讀者一同迎接最後一集，希望大家可以多多利用評論或是介紹的方式將作品推廣出去。

那就先在此道別了。期待能在最後一集的後記再與各位相見。

御宮ゆう

義妹生活 1~6 待續

Kadokawa Fantastic Novels

作者：三河ごーすと　插畫：Hiten

明明早已決定獨自活下去，
卻在不知不覺間想著要走在某人身旁。

悠太與沙季表面維持如以往的距離，關係卻有了明確變化。兩人在煩惱禮物、如何過紀念日、怎麼討對方歡心等問題的同時，也以自己的方式摸索幸福之路。而看見雙親與親戚的模樣，讓他們考慮起家人的聯繫、戀愛關係後續發展……乃至結婚生子……？

各 **NT$200~220/HK$67~73**

我和班上第二可愛的女生成為朋友 1 待續

Kadokawa Fantastic Novels

作者：たかた　封面插畫：日向あずり　彩頁、內頁插畫：長部トム

第六屆カクヨム網路小說大賽特別賞得獎作——
別人眼中的「班上第二可愛」，在我心中是最可愛的。

沒朋友的低調男前原真樹交到第一個朋友——朝凪海。男生都說朝凪同學是「班上第二可愛」。這樣的她只有在週五的放學後會偷偷來我家玩。從平常能幹的模樣，實在難以想像私下的她既率直又愛撒嬌。青澀年少男女之間的愛情喜劇就此開幕——

NT$270/HK$90

位於戀愛光譜極端的我們 1~5 待續

Kadokawa Fantastic Novels

作者：長岡マキ子　插畫：magako

手牽著手走在路上。
光是這樣就讓人內心充滿溫暖。

這次將獻上高中生活最大的樂趣——校外教學！經歷了無法如意的人際關係、充滿煎熬的思念之情與許多歡笑的時刻後，大家都逐漸成長。龍斗當然也是——「爸爸、媽媽。謝謝你們生下我。加島龍斗，十七歲，即將登大人啦！」呃……咦？怎麼回事？

各 **NT$220~250/HK$73~83**

其實是繼妹。～總覺得剛來的繼弟很黏我～ 1~2 待續

Kadokawa Fantastic Novels

作者：白井ムク　插畫：千種みのり

「老哥，你陪我練習……接吻吧？」
刺激的請求，開啟了全新的混亂局面！

晶的個性隨性，是個可愛過頭的弟……是像弟弟一樣的繼妹。自從她向我表明心意後，和我相處的距離還是老樣子。不對，我們之間的距離反而縮短，每天都過著心頭小鹿亂撞的兄妹生活！這是我和晶以一對兄妹、一對男女的身分，又成長了一點點的第二集！

各 **NT$260/HK$87**

繼母的拖油瓶是我的前女友 1~9 待續

Kadokawa Fantastic Novels

作者：紙城境介　插畫：たかやKi

該選擇與結女再次兩情相悅的未來，
還是幫助伊佐奈發揚才華的夢想？

水斗為伊佐奈的才華深深著迷，熱衷於她的職涯規劃。兩人為了轉換心情去聽遊戲創作者演講，主講人卻是結女的父親！儘管自知對結女的感情日益增長，然而事態將可能演變成家庭問題，水斗在戀情與現實間搖擺不定，結女卻開始積極進攻——

各 **NT$220~270/HK$73~90**

不起眼的我在妳房間做的事班上無人知曉 1~2 待續

作者：ヤマモトタケシ　插畫：アサヒナヒカゲ

開始注意你之後，無論何時你都在我心裡…
開朗美少女向不起眼的他發動猛攻！

遠山佑希獲得班上的風雲人物麻里花的青睞，她不但和佑希一起上下學，佑希還收到親手做的便當，她熱烈地吸引佑希的注意！另一方面，柚實執著於與佑希的身體關係，煞車卻漸漸失靈？此時柚實的姊姊伶奈開始出手干涉錯縱複雜的他們三人……

各 **NT$220~250/HK$73~83**

自從能夠讀取他人祕密後，我的校園戀愛喜劇就此開演 1 待續

Kadokawa Fantastic Novels

作者：ケンノジ　插畫：成海七海

弱小的路人甲變身為戀愛強者！
把高嶺之花和辣妹都悉數攻陷，EASY戀愛喜劇！

有一天，我變得能夠「看見」可說是他人祕密的「狀態欄」——高冷正妹其實愛搞笑!?巨乳辣妹其實很純情!?嬌小學姊其實很暴力!?我想趁機和以學校第一美少女聞名、偷偷單戀的高宇治同學加深情誼，卻發現她和學校第一花美男正在交往的真相……

NT$220/HK$73

轉學後班上的清純可愛美少女，竟是小時候玩在一起的哥兒們 1~5 待續

Kadokawa Fantastic Novels

作者：雲雀湯　插畫：シソ

一如既往的關係，渴望改變的心。
兩人的天秤在搭檔和女孩子之間搖擺不定——

隼人轉學過來後，春希的生活有了一百八十度大轉變，乖寶寶的「偽裝」逐漸瓦解。暑假結束後，春希的生活又有了新的轉變，因為沙紀從月野瀨轉學過來了。在隼人心中，她不是妹妹或朋友，而是「女孩子」——

各 **NT$220~270/HK$73~90**

男女之間存在純友情嗎？（不，不存在！） 1~4下 待續

Kadokawa Fantastic Novels

作者：七菜なな　插畫：Parum

悠宇與凜音的獎勵之旅IN東京！
摯友及創作者究竟該選哪一邊呢？

這場瞞著日葵的兩人旅行固然讓人臉紅心跳，悠宇也沒有忘記這一趟還有另外一個目的——那就是從東京的飾品創作者身上得到成長的啟發。正當兩人一再產生誤會時，有人邀請悠宇參加飾品相關的個展，就此演變成悠宇與凜音賭上夢想的夏日大對決！

各 **NT$$200~280 / HK$67~93**

國家圖書館出版品預行編目資料

小惡魔學妹纏上了被女友劈腿的我/御宮ゆう作 ；
黛西譯. -- 初版. -- 臺北市：臺灣角川股份有限公司
, 2023.08-
冊； 公分. -- (Kadokawa fantastic novels)
譯自：カノジョに浮気されていた俺が、小悪魔な
後輩に懐かれています
ISBN 978-626-352-810-9(第7冊：平裝)

861.57 112009563

Kadokawa
Fantastic
Novels

小惡魔學妹纏上了被女友劈腿的我 7

（原著名：カノジョに浮気されていた俺が、小惡魔な後輩に懐かれています7）

2023年8月9日　初版第1刷發行

作　者：御宮ゆう
插　畫：えーる
譯　者：黛西
發行人：岩崎剛人
總編輯：蔡佩芬
副主編：楊鎮遠
美術設計：黃永漢
印　務：李明修（主任）、張加恩（主任）、張凱棋
發行所：台灣角川股份有限公司
地　址：104台北市中山區松江路223號3樓
電　話：（02）2515-3000
傳　真：（02）2515-0033
網　址：www.kadokawa.com.tw
劃撥帳戶：台灣角川股份有限公司
劃撥帳號：19487412
法律顧問：有澤法律事務所
製　版：巨茂科技印刷有限公司
ISBN：978-626-352-810-9